2
La detective está muerta.
二語十
[ill] うみぼうず
JN020147
探偵はもう、死んでいる。

やがてカーテンが開くと、
純白のウェディングドレスを纏った
シエスタが現れた。
「どう？」

「あ、ああ。まぁ……似合ってる、な」

「アップルパイ、作ろうかと思ってね。
せっかく君が買ってきてくれるって言うから」
そう言うとシエスタは、ご機嫌そうに手を動かす。
「ふふ、まあ？　どうやら私は
君にだいぶ気に入られてしまってるみたいだからね。
懐かれた側の責任というか、そういう意味で
これぐらいのことはしてあげようかなと」

名探偵代行
（幼女）
アリシア
Alicia
君塚に拾われた
記憶喪失の少女。
シエスタから探偵代行に任命される。

「それでね、それでね？
その頃はまだ私も小さかったから、
スイカの種を飲んじゃって、
もし胃の中で芽が出たらどうしようって
不安になってね？」
俺と同じくバスローブを着たシエスタは、
そうやって跳ぶ度に彼女の女の子の部分も大きく揺らしていた。
いや、そうやって揺れて見えるのは
単に俺の頭がふらついているからかもしれない。

「――たまには、不真面目なこと、してみる？」

IF

職業	学生
学年	中学二年生
好きな教科	音楽
委員会	図書委員
部活	ミステリー研究部部長
趣味	昼寝、 副部長をからかうこと
信条	文武両道

日本人離れした美しい青い瞳。
澄ました表情は、少女から大人の女性への
過渡期のようななんとも言えない魅力を放つ。
また白銀色の髪の毛に
一輪の花のように咲く赤いリボンは、
制服のデザインとも相まって——
まるで彼女自身、頭のてっぺんからつま先まで、
完成された彫刻のような美しさだった。

（副部長の手記より抜粋）

探偵はもう、死んでいる。2

二語十

MF文庫J

Contents

口絵・本文イラスト●うみぼうず

【プロローグ】

夢を見ていた。

それは長い、長い、まるでおとぎ話のような夢物語。

地上一万メートルの空の上で、俺は一人の少女と出会い、それから三年にもわたって目も眩むような冒険譚を繰り広げるのだ。

シンガポールで、ビーチやカジノで遊びながら伝説の秘宝を捜索した。

ニューヨークで、ミュージカルを見ていたと思ったらテロに巻き込まれた。

水の都ヴェネチアで、水路を船で逃げる大怪盗と派手な追走劇を繰り広げた。

その他にも、砂漠を歩いて、ジャングルを抜けて、山を越えて、海を渡って——とにかく俺たち二人は世界中を旅して回っていて。

やがてロンドンで、俺たちは一人の巨悪と出遭った。

旅の終着点は敵のアジト。

その巨悪に立ち向かっているのは、相棒の少女だった。

俺はその光景を後ろから見ていたのだが、突如視界が歪み出し、耳が遠くなり始めた。

俺は焦って叫ぼうとするが、しかし声にはならない。

ああ、きっとこれは夢だ。たちの悪い悪夢に違いない。

頭では理解しているはずなのに、なぜか恐怖心が拭えなかった。
そうしているうちに、敵が大きな刃を振り上げた。
このままでは、俺の相棒の少女に当たってしまう。
俺は彼女の名前を大声で叫ぶが、やはり声にはなってくれない。
絶望の中——しかし相棒の少女が、くるりと俺の方を半身で振り向いた。
なにかを喋っている。伝えている。
だけど、その声も俺には聞こえない。
必死で口の動きを読み取ろうとするが、目が霞んで見えなかった。
そして次の瞬間、少女の顔が血に染まった。
彼女は、死んでしまったのだ。
ただ……ただ、一つだけ分かったことがあった。
死の間際、相棒の女の子は俺を見て淋しそうに笑っていた。
そんな夢を、見ていた。

「あんたが名探偵？」

俺を夢の世界から引きずり出したのは、そんな突拍子もない台詞だった。

放課後。夕暮れの教室。

いつの間にか眠りこけていたらしく、誰かが起こしてくれたようだ。

寝ぼけ眼(まなこ)をこすりながら見上げる。

それは知らない同級生の少女だった。

それから、どういうわけか俺は彼女に胸倉を掴(つか)まれ、よく分からない脅迫のようなものを受けた。相変わらず例の巻き込まれ体質は治っていないらしい。

「ああ、そっか。そうだよね、抱き締められたかったんだよね」

やがて、思ってもいないはずの台詞を代弁されて、俺は彼女の胸の中に抱かれた。

マシュマロのような柔らかさと香水の甘い匂いで、頭が蕩(とろ)けそうになる。

そして、彼女の心臓の音が聞こえた。

どくん、どくん。

どくん、どくん。

と。俺はなぜか、その音をとても懐かしく感じた。

不思議に思いながら、俺は目の前の少女に名前を尋ねる。

そうして聞いた彼女の名前は——

「……ん？」

ふと、甘い香りと頬に触れる弾力で目を覚ました。

どうやら俺は、夢から覚める夢を見ていたらしい。

部屋は暗く、辺りはよく見えない。だが、確かにさっきまで見ていた夢の中で感じた匂いと柔らかさがここにある。であるならば、これは？

「わあああああああ！」

叫び声と共に、鋭い痛みが頬に走った。理不尽だ……。

「っ、なにしやがる――夏凪」

恐らくは俺を殴った犯人である少女を睨みつける。

「それはこっちの台詞！　目覚めてすぐ同級生女子の胸を当然のように揉むな！」

「最初に会った時は、むしろお前の方から胸を揉まされていたと思うんだが？」

「っ、だから言ったでしょ！　あれはあたしだけの意思じゃなかったの！」

そう叫ぶのは夏凪渚――俺の通う高校の同級生にして《名探偵》。

とある依頼を引き受けたのをきっかけに知り合い……それから幾つかの事件に巻き込まれていく中で、彼女が探偵、俺が助手となり腐れ縁的に仲良くなってしまったのだった。

とは言え、同衾するような関係にまでなった覚えはなかったのだが……。

「で、どこよここ？」

すると夏凪がキョロキョロと辺りを見渡す。俺たちが寝ていたのは冷たいコンクリートの床の上。俺もそうだが、夏凪にとっても見覚えのない風景らしかった。

「……どこだ、ここは」

今さらながら記憶を掘り起こしてみる。どうして目覚めてすぐ横に夏凪が寝ていた？ 今は何時でここはどこだ？ 昨日、俺は何をしてたんだっけ……。

「ん～、さっきからうるさいですよ、二人とも～」

こてん、と俺の膝に何かが乗った感覚があった。

「その声は……斎川か？」

膝枕の許可を出した覚えは一ミリもないが……それはともかく、声に間違いはない。

斎川唯——ジャパンのトップアイドルにして、夏凪と俺にとっての初めての依頼人。彼女の抱えていたトラブルを解決して以来こうして軽口も交わすようになった……のだが。

「斎川、なぜお前までここにいる？」

「え～、わたしが君塚さんと寝てる理由ですか？ それをわたしに、訊くんですか？」

「なんでそんな意味深な言い方をするんだ……え、俺が連れ込んだんじゃないよな？」

「ちょっと待って、そういうこと？ 唯ちゃんまで連れ込んで、あたしを固い床の上に押し倒して、縛り上げて、その後……っ！」

「夏凪、お前は最後の方願望が混じってるから。縛らねえから」

そんな地獄絵図の中、ここがどこなのかを考えることすら面倒になっていた――その時。

「お遊びなら後でやってもらえるかしら。キミヅカ」

冷たく不機嫌そうな声。特に俺に対する当たりの強さで、それが誰なのか一瞬で分かる。

「お前もいたのか、シャル」

シャーロット・有坂・アンダーソン――こちらも昔からの腐れ縁で、何度も仕事を共にしたことのある同年代の少女。つい最近、とある事件をきっかけになし崩し的に和解をしたはずだが……だからといって俺への態度が軟化したわけではないらしい。

「アナタたち本当に覚えてないの？　ワタシたちはマームのお墓参りに行く途中、何者かに誘拐されてここへ来た」

「……！」

そうだ、思い出した――昨日、俺は彼女たちと共にかつての相棒の墓参りに行っていた。

きっかけは数日前、斎川主催のクルージングツアーで起こったシージャック事件。そこで《人造人間》カメレオンを倒し、シエスタの遺志を引き継ぐ形で和解した俺とシャルは、シエスタの眠る墓を訪れる約束を交わしていた。

そして昨日、さすがに俺とシャル二人ではまだ場が持たないということで、夏凪と斎川も加えて墓参りに向かったのだが……どうやらその途中で、何者かに襲われここへ連れてこられたらしい。

「まったく、アナタたちときたら油断だらけなんだから」

シャルが偉そうに腕を組んで（暗くて見えないが絶対組んでる）俺たちをなじってくる。

「いや、お前も誘拐されてんじゃん」

「シャルさんも誘拐されてるでしょ」

「シャルさんも誘拐されてません？」

「……っ、あーもう悪かったわね！」

シャルの金切り声が暗い部屋に響き渡る。

この緊張感のなさ。犯人も「誘拐し甲斐がなかった……」と今ごろ後悔しているのでは、と苦笑していると、

「眩しっ……」

夏凪が顔の前に手をかざす。

どうやら部屋の前方に設置されたスクリーンが点灯したようだった。

「監禁、それに謎の映像、か」

そのキーワードに、いくつかのデスゲーム的な物語が頭をよぎる。たとえば今からあのスクリーンに仮面を被った誘拐犯が映り、俺たちに残酷なゲームのルールを語り始めるのだ。

「っ、あたしたち、手足を拘束された挙げ句、一体なにを……なにを……」

「夏凪、なんでちょっと顔を赤らめながら言うんだ」

「君塚さん、確かこの戦いが終わったら妹の結婚式に行かれるんでしたっけ？」

「斎川、俺にだけ死亡フラグを立てることによって自分の死を回避しようとするな」

「大丈夫よ、キミヅカ。どんなデスゲームだろうとワタシの頭脳があれば問題ない」

「夏凪、斎川、良かったな。シャルが一人ですべてのフラグを掻っ攫っていったぞ」

「ワタシはボケたつもりないのにっ！」

だから緊張感。この後、犯人もどんな顔して登場すればいいか分からんだろ。

やれ、まあおかげでこれからどんな展開になろうと、誰があのスクリーンに映し出されようと、決して驚くことはない。俺はそう思った。いや、この場にいる誰もがそう思った。

だからこそ、次の瞬間。

画面に映ったその人物を見て、俺たちはしばらく声も出せなかった。

「今、私のこの映像が流れているということは、この場に――君塚君彦、夏凪渚、斎川唯、シャーロット・有坂・アンダーソンの四人がいるということだね」

そのクールでいて温かな声を聞いたのは、実に一年ぶりのことだった。

「シエス……」

「マーム！」

「ぐへ」

身体にのしかかる重み。シャルが思いっきり俺の背中の上に乗り、画面を見上げていた。

そこに映っていたのは、白銀色の髪の毛を持つ、青い瞳の少女。

俺のかつての相棒にして、今は亡き名探偵——シエスタ。

シャルもまたかつて彼女に師事していた経緯があり、一年ぶりの再会に興奮を隠しきれないようだった。——しかし。

「シャル、これは録画映像だ」

「えっ？」

一時の感情で現状を見誤ってはならない。常に冷静に、クレバーに。シエスタが今、ここにいるはずがない。探偵はもう、死んでいるのだ。

「久しぶりだね、シャル。でもごめん。これは一年前、今日という日を見越して撮っておいた過去の映像なんだ」

シエスタは、まるで今の細かなやり取りすら予見していたかのように、シャルに向けて柔らかく笑いかける。

「マーム……」

シャルは切なげな表情で、画面越しにシエスタを見つめる。

「感動的なところ悪いが、俺からどいた上でやってくれ」

それから俺たちは改めて四人でスクリーンに顔を向けた。

「あの子が……」

「シエスタさんなんですね……」

夏凪と斎川がそれぞれ呟く。二人とも実際のシエスタを見るのは初めてだったか。

「さて、君たちをここに集めたのには理由があってね」

それもまた、まるでタイミングを見計らったようにシエスタが口を開く。

「君たちには、そろそろ知っておいてほしいと思うんだ。一年前、私になにがあったのか」

一年前——それは、名探偵が死んだ日のことを指しているのか。《カメレオン》に殺されたという、あの日の。

「私は、カメレオンになんて殺されていないよ」

再び、シエスタが俺の思考を読んだかのように言った。

「そんな、でもあいつは……」

確かにカメレオンは、自分がシエスタを殺したと言っていたはずだ。シャルもまた俺と顔を見合わせ、首をひねる。そうだ、シャルもあの船の上での戦いで、カメレオンの口からその情報を聞いていた。

「助手、君には思い出してほしい」

シエスタの瞳が俺を見つめる。

「俺に思い出してほしいことがある？」

それは、俺がなにかを忘れているということか？　一体なにを？

「そして他のみんなにも知ってほしい。その上で──決断をしてほしいんだ」

次の瞬間、映像が切り替わった。それは四年前、俺とシエスタが出会った上空一万メートルの飛行機での光景だった。

「これは……」

「今まで私が見てきた景色──君と過ごした三年間の記録だよ」

……っ！　じゃあまさかシエスタはその過去の記録を……記憶を、今から俺たちに語るつもりなのか？　俺が忘れているという何かを、思い出させるために。

「じゃあ、準備はいいかな。まずは四年前から」

そして再びシエスタが画面に映ったかと思うと、俺たちに向かってこう告げた。

「君たちには、どうか見届けてほしい。私たちの身に起きたあの出来事を。私の死の真相を。そして、私が挑んだ最後の戦いを──」

【第一章】

◆ハイジャックのあとは風呂に限る（混浴）

「断る。誰がお前の助手になんかなるもんか」

自宅のボロアパート、その風呂場にて。

俺はシャンプーが目に入らないようギュッと目を瞑（つぶ）りながら、幾度となく提案され続けているそのふざけた申し出を断った。

「え、なに？　よく聞こえない」

しかしその当事者は、俺の非難もどこ吹く風。俺が首を縦に振るまで諦めるつもりはないらしい。

「聞こえてないフリはやめろ」

俺はさっきより大きな声で、風呂場の扉の向こうにいるその人物に不満を投げかける。

狭い浴室だ、俺の低い声は何重にもなって反響する。

「まあまあ、少し落ち着きなよ。せっかくお風呂に入ってるんだし」

「せっかくお風呂に入ってるのに誰かのせいで落ち着かないんだよ」

俺はシャンプーを洗い流し終え、狭い浴槽に身を沈める。

「背中でも流してあげようか？」

「結構だ」

「バスタオルだけ巻いて入ろうかなと」

「……結構だ」

「ものすごく分かりやすい間があったね」

……くそ、思春期の男子になんという罠（わな）を仕掛けるんだこの女は。

というか、それよりも、だ。

「なぜお前が俺の家にいる――シエスタ」

俺は、脱衣所に立っているであろう少女に声を掛ける。

コードネーム――シエスタ。

白銀色の髪の毛に、青い色の瞳を持つ国籍不明の少女。

つい一週間ほど前、俺は上空一万メートルを飛ぶ旅客機の中で《名探偵》を名乗る彼女と出会い、二人でとある事件を解決したのだった。だが、どうやら俺にとっての事件はそれでは終わっていなかったようで――

「いいかシエスタ、勝手に人の家に上がり込むな。風呂にまで入ってこようとするな」

「だってそれは、君が私の話を聞き入れないから」

出た、これだ。

あのハイジャック事件が無事に解決を見た直後。なにを思ったかシエスタは「私の助手として世界を飛び回るのに付き合ってほしい」などという無茶な要求を俺に突きつけてきたのだった。

無論俺はそんなデタラメな申し出は断ったわけだが……しかしシエスタは一向に折れる素振りを見せず、もう一週間にわたってこのような話し合いを重ねていた。

「君も強情だなあ。こうして君の家に侵入するのだって楽じゃないんだからね？」

「え、なんでそんな偉そうにできんの？　俺が悪いの？」

「私は正義の味方だからね。それに逆らう君は必然的に悪ということになる」

そんな暴論を吐く正義の味方がいてたまるか。

「というか、鍵はちゃんとかけてたはずなんだが？」

「ああ、それならマスターキーで開けさせてもらったよ。私の《七つ道具》の一つでね、この鍵に開けられない錠はないんだ」

「めっちゃ楽して不法侵入してんじゃねえか」

「うーん、それは心外だね」

「プライバシーの侵害してるやつよりはマシだ」

いきなり風呂場の扉越しに声を掛けられた時は本気で心臓止まると思ったからな？

「で、結局私は君の背中を流すっていう話でいいんだっけ？」

「だから隙あらば混浴を試みるな」

出会って一週間でこの距離感。先が思いやられる……。

「それで？　どうしてそんなに私の助手になるのが嫌なわけ？」

するとシエスタが、改めて薄いドア越しにそんなことを訊いてくる。やれ、やはりまだ諦めてはくれないか。

「俺は普通でいたいんだよ」

狭い浴槽の中、俺は顔に湯を浴びながら言う。

「前にも話しただろ？　俺はこの《巻き込まれ体質》のせいで昔から損ばっかりしてきたんだ。だから俺の夢はただ平和に、ぬるま湯に浸ったような生活を送ることなんだよ」

「私と一緒じゃ、そんな暮らしは送れないって？」

「そりゃ、あんな様を見せつけられたらな」

俺は上空一万メートルで起こった《人造人間》との戦いを思い出す。

ただのハイジャックならまだいい。いや決してよくないが、この際文句は言わない。だが、あれはダメだ。あんなのに関わろうとすれば、きっと命がいくつあっても足りない。

「でも私にしかやれないんだよ、この仕事は」

するとシエスタは、いつにも増して鋭く言い切った。

「そのお前にしかやれないことに、俺を巻き込む意味は？」

「今思いついたことを言おうとしてないか？」

「それは……あ、そうだ」

「実は、君に一目惚れで」

「一回待ち合わせした時すら、俺の顔にピンと来てないことあったよな？」

「君は二日会わないと忘れてしまう顔立ちをしてるからね。隠密行動にはピッタリだよ」

「褒めてるフリして貶すのをやめろ。そして早速助手としての仕事を割り振るな」

「……本当に助手、やってくれないの？」

と、急にトーンを落とすシエスタ。

だから、さっきからそう言ってるだろ。なんでちょっと落ち込むんだよ。

まったく、相変わらず話にならない。それもこれもシエスタが本音を喋らないのが原因だ。自分の要求は通そうとするくせに、そこに説得力が感じられず話し合いは水泡に帰す。

あのハイジャック事件だって一応の解決は見たものの、結局シエスタの圧倒的な武力と行動力によって無理やり制圧したに過ぎない。これでは先が思いやられるばかりだった。

「交渉をするなら、まずはメリットを提示しろ」

だから俺は、そんな当たり前のアドバイスをシエスタに与えてやった。

……だが勘違いするな？　これはあくまで、ちゃんとした条件で交渉を行った上で、断るためだ。いつまでもずるずると引きずられては敵わんからな。

「ふふ、案外優しいんだね、君は」

「勝手に過大評価をするな、行間を読むな」

「そういえばさっきピザの出前頼んだけどよかった？」

「早速人の優しさにつけ込むな！　今すぐキャンセルの電話をかけろ！」

「これは私の予想なんだけど、多分一年後とかも私たちはこういう感じでうまくやっている気がする」

「絶賛うまくいっていないが！　俺だけずっと気を揉んでいるが！」

疲れる、本当にシエスタの相手は疲れる……。やっぱりどんなメリットを提示されようとも、こいつの助手になるのだけは無理な気がする……。

「というわけで、話してみなよ」

「いや、俺じゃなくて。お前が俺にメリットを提示するっていう話の流れだったろ？」

しかしシエスタは、相変わらずすべてを見通したような調子で、

「なにか、悩みがあるんでしょ？」

浴室の扉越しにそう訊いてきた。

「それを解決してあげることが、私が君に与えられるメリットだよ」

「俺が抱えるトラブルを解決してやる代わりに、自分の助手になれと？」

「そう言ったかもね」

ここで、なぜ俺に悩みがあると分かった？と訊いても、恐らくシエスタは答えてくれないだろう。彼女はいつだって、結果にしか興味がない名探偵なのだ。

「……実は、俺の中学で今トラブルが起こっててな」

だから俺は湯船から上がると、

「うちの学校でトイレの花子さんが大量発生してるらしい」

身体をタオルで拭きながら、そんな奇妙な七不思議を名探偵に語って聞かせたのだった。

「なるほど、それはピザを食べながらじっくり話を聞く必要がありそうだね」

「……ああ。ピザは食べていいから、即刻その開け放ったドアを閉めてくれ」

◆ピザとコーラと海外ドラマ、たまにトイレの花子さん

誰しも一度は聞いたことのある学校の七不思議、トイレの花子さん。

曰く——午前三時に旧校舎三階の手前から三番目の女子トイレを三回ノックすると、個室から赤い吊りスカートの少女が現れて、便器の中に引きずり込まれる……とか。本来であれば今さら取り上げるにも値しない、時代遅れのありふれた都市伝説。だが——

「君の学校では少し事情が違うと？」

風呂から上がり居間へ向かうと、六畳一間の狭い和室でシエスタがピザをもしゃりもし

ゃりと頬張っていた。しかし俺に質問を投げかけながらもその視線は、小さなテレビに映った海外ドラマに向けられている。いつの間にか俺の部屋着のTシャツに着替えており、完全にくつろぎモードに移行していた。

「知り合ったばかりの男の家で知り合ったばかりの男の部屋着を借りてピザを食べながら海外ドラマを見るな。同棲中の彼女かお前は」

「え、違うけど？」

「違うから文句を言ってんだ」

俺はタオルを頭に乗っけたままシエスタの近くに腰を下ろし、ピザに手を伸ばす。

「あ、チーズのやつは私のだから食べちゃダメ」

「勝手に注文しといてそんな理不尽なことある？」

「そっちのピクルスonピクルスならいいよ」

「残飯処理をさせるな、全国のピクルス好きの方に謝れ」

「とか言いながらちゃんと食べてくれるところ、本当に良いと思う。伸ばしていこう」

「伸ばしていこう、てなんだ。お前が俺の精神的成長を促すな。誰目線だ」

ダメだ、全然会話にならない。大体なんの話をしてたんだっけ。

「花子の話でしょ」

「ああ、そうだった……だが『さん』をつけろ。花子さんを友だちみたいに呼ぶな」

「で？　君の中学ではその花子さんが、増殖してるんだって？」

シエスタが新しいピザに手を伸ばしつつ訊いてくる。

「ああ。なんでもうちの中学では、花子さんに遭った生徒は、今度は自分が花子さんになってしまうらしい」

「なるほど、ゾンビに噛まれた人間がゾンビになるみたいな」

「ああ、まるでB級映画みたいな噂話だ」

「だけど、それが単なる噂話じゃないから、君はこうして私に相談してるわけでしょ」

……まあ、そういうことになるな。あまり認めたくはない事実だが。

「今、うちの中学では陸上部の人間を中心に不登校の生徒が急増してな。教師は詳細を伝えようとしないが……一部では不登校どころか家出をしている生徒もいるらしい」

俺のクラスでも一人、全体では少なくとも二十人近くの生徒が学校を休んでいた。うち数名は未成年の家出ということもあって、警察もすでに動き始めているらしい。

「陸上部内でなにか不和が起こってるとか？」

「さあな。噂では人間関係のトラブルなんかはなかったらしいが」

「なるほど……じゃあ何か、外部的な要因かもね。一つの集団に、連鎖的に大きな影響を与えるような」

シエスタは至極真面目な顔をしながら、ピザをもぐもぐごくんと飲み込む。

「でも君の学校では、その原因は花子さんだと噂されてるわけだ。いなくなった生徒はみんな、花子さんに女子トイレに引きずり込まれたんじゃないかと」

「ああ。しかも家出して行方不明の生徒が加速度的に増えてることから、花子さんの人数自体が増加してるんじゃないかってな」

それが「花子さん大量発生」なんていう、気の抜けたフレーズの噂話が校内に蔓延(まんえん)している理由だった。

「君もそれを信じてるの？」

「まさか」

俺はピクルスだらけのピザをコーラで流し込み、鼻で笑う。

「そのいかにも全能ぶってる感じ、ザ・中学生だね」

「その的確にこっちが恥ずかしくなることを言うのをやめろ」

この探偵相手に一生口喧嘩(くちげんか)で勝てる気がしない。

「……にしても、不登校に行方不明、ね」

ふとシエスタが、テレビに視線を向けたまま言った。映し出されているのは学園を舞台にした海外ドラマ。不登校の生徒を、クラスメイト全員が家にまで迎えに来るシーンだった。これ、不登校の子にとっては逆効果では？

「君は優しいんだね」

シエスタが振り向いて俺に言う。

「ピザ代はあとで貰うが？」

「そっちじゃなくて」

まあピザ代は払わないけど、とシエスタが付け加える。いや払えよ。

「学校からいなくなったっていう生徒は、当然君の友人じゃないでしょ？　なのに心配してこうやって解決しようとしている」

「まるで俺に友人がいないことが当たり前のように言うな」

「君の言う《巻き込まれ体質》ってやつのせいなのかな。同時に君には《人助け体質》も染みついてるんだよ」

……そりゃまた、いらないDNAだな。でも、まあ。

「自分の目の届く範囲ぐらいは、平和な日常ってやつを守りたいだろ」

普段がこんな暮らしだからなと、部屋を見渡しながら俺は苦笑する。

「物心つく前に両親は蒸発、いろんな家や施設を転々としながら今はこの歳にして一人暮らし。そりゃ平和で、平凡で、安定した環境っていうのを求めたくもなるだろ？」

まあ、この呪われた体質がある限り、そう簡単にいかないことは分かっている。だが、自分の手でなんとかなる問題ならなるべく解決し、平凡でありふれた毎日ってやつを求めてもバチは当たらないはずだ。

「なるほど、それが君の――」

シエスタが、なにかを考え込むように顎に指先を置く。

「うん、全部分かった」

「今の会話で全部分かられるの怖すぎるんだが」

「そっか、家族も友だちもいないんじゃ淋しいよね」

「だから友だちがいないって一度でも俺言ったか？　勝手な推測やめてもらっていいか？」

確かに決して多くはないが。最後にクラスメイトと会話を交わしたのがいつかは覚えていないが。

「じゃあ週末、二人であれに行こう」

シエスタが指さす先。テレビに映し出されていたのは、不登校の少年がヒロインらしき少女に連れられ、学園祭へと出かけるシーンだった。

「……いや、花子さんの話はどこいった？」

◆開幕、青春ラブコメ篇

「まだホラミス的展開を諦めたわけじゃないからな」

不審な独り言を呟く男子中学生を避けるようにして、幾人もの生徒や来場客が校門をくぐっていく。

あれから数日後の土曜日。俺は通っている中学の校門で人を待っていた。休日の午前中にもかかわらずこれだけの人出で賑わっているのは、今日がこの学校の文化祭だから……らしい。

だがおかしいな、準備に関わった記憶がまるでないぞ。文化祭と言えばもっと事前に、こう、クラスで一致団結して出し物の準備をするものじゃなかったか？　トラブル続きで学校に通えてない間に全部終わってた？　なんでそういうの誰か教えてくれないんだ？

「はあ」

と、微妙に灰色の学校生活に一人ため息をついていると、

「お待たせ」

背中側から少女の声がする。どうやら待ち合わせていた人物がやって来たらしい。遅いぞと文句を言いつつ、俺は振り返る。

「呼び出した側が遅れるの、は……」

思わず固まった。

いや、なにも予想外の人物が現れたわけではない。そこに立っていたのは間違いなく俺が約束していた少女で、そこに関してはなんの疑問もないのだ。ただ問題だったのは――

「シエスタお前、その格好は……」

目に飛び込んできたのは眩しい白のセーラー服。スカートは丈が詰められているのか、膝の少し上あたりまで脚が露出されていた。肩にスクールバッグを掛けたその姿は、まさしくうちの学校の生徒そのもので……いつものシックなワンピース姿とのギャップ加減、そして制服のあまりの似合いっぷりに、俺は——

「？　どうして急に後ろを向くの？」

シエスタが俺の顔を覗き込むようにしてくる。

「……いや、なんでもない。ちょっとな、呼吸をな」

「苦しいの？　大丈夫？」

大丈夫だ。大丈夫だからあまり顔を近づけないでほしい。背中をさすらないでほしい。

「……なんでうちの制服着てるんだよ」

やがて少し落ち着いてから、俺は目を細めながらシエスタに尋ねた。

よく見ると白銀色のショートカットの髪の毛には、お洒落なのか赤いリボンをカチューシャのようにしてつけている。なるほど、これはよほど気を付けていないと、うっかり可愛いなどと漏らしてしまう可能性がっ、可愛い……。

「なんだかいつにも増して目つきが悪いね」

気にするな。まだお前のセーラー服姿を視界全体で捉えるのに勇気がいるだけだ。

つまりはまだ、全然落ち着いていなかった。

だが実際、俺のリアクションがオーバーというわけでもなく、道行く人たちはみなシエスタに見とれるように歩くスピードが遅くなっていた。

白銀色の髪の毛に、青い瞳の美少女のセーラー服姿。思わず携帯を構えようとしてしまう気持ちもよく分かる。けど撮影料は二億万円な。

「普段と違う格好だからね、ついでにリボンなんかもつけてみた。どう？」

「感想ならもう原稿用紙一枚分ぐらい語っている」

「え、いつの間に？　私聞いてないけど」

「……そんなことより」

「ああ、制服を着てる理由？」

言うとシエスタは、くるりとつま先で一回転。スカートが風でふわりと浮き、太ももが一瞬露わになる。その光景に思わず目を奪われる俺を、シエスタはわずかに前傾姿勢をつくって下から見上げると、

「だって、文化祭で制服デートって、楽しそうじゃない？」

やはり一億点の微笑みを俺に向けてきたのだった。

「……そういえば助手になるのに契約書とかっているのか？　あ、ハンコもいるか……」

「早い早い。私が言うのもなんだけど、段取りっていうものがあるから。私が君を説得するくだりが今後まだ残ってるからちょっと待ってて」

校内は、うちの生徒に加え保護者や外部生で賑わっており、各教室ではクレープやたこ焼きを売る模擬店が催されていた。

「さあどこから回る?」

廊下にいたうさぎの着ぐるみから貰ったチラシに目を落としつつ、シエスタに尋ねる。チラシによれば、祭りの出店のようなものだけではなくプラネタリウムやお化け屋敷といった企画もあるようだった。しかもお化け屋敷は、普段使われていない旧校舎のフロアを使った大がかりなものになっていて、かなり期待できそうだ。

「ここはマストだね」

「ああ。けど、スケジュールを見て行動しないとな」

チラシの記載を見ると、お化け屋敷は一時間ごとに十五分のインターバルがあるらしい。恐らくはスタッフの休憩時間を確保するためだろう。

「これって時間外は受け付けていないの?」

と、シエスタがうさぎの着ぐるみに、そんな答えの分かり切ったことを尋ねる。うさぎも「今さらなにを?」と言わんばかりに大きな頭を横にかしげる。キャラクターを守るためか、一言も言葉を発しないあたりはプロ根性を感じる。まあ、動きやすさ重視なのか、しっかりランニングシューズを履いてる時点で夢もへったくれもないが……。

「おいシエスタ。書いてあるだろ、十五分間隔で休憩だって」

「でも私が脳内で描いた最適経路によると」

「今の一瞬で？」

「このチラシに書いてある時間帯は、旧校舎に行けなさそうなんだよね」

なるほど、シエスタにはスケジュール的に他に優先して回りたい場所があるらしい。

「ほら、まずは腹ごしらえしたいじゃない？」

「それが目的か」

「一時間デカ盛りチャレンジとか」

「中学生が文化祭でやる企画じゃないんだよな……」

というわけで、と。シエスタはよそ行きの微笑を浮かべ、

「時間外だけど、よろしくね」

着ぐるみの生徒に、そんな無茶ぶりを押し付けたのだった。

「あ、クレープ屋あるよ」

するとシエスタはもう用は済んだとばかりに前方の店を指さして歩き出す。

「あのなあシエスタ、俺以外にあんな理不尽を突きつけるのはよくないぞ」

俺はため息をつきつつも追いつき、その場でバナナクレープを購入する。

「……？　何も言ってないのに買ってくれた」

シエスタはなぜか戸惑う素振りを見せるも、俺がクレープを差し出すと、その小さな口でぱくついてくる。

「この前私がピザ取った時は怒ってきたのに、どうしたの？」

「事態は刻一刻と変化するものだからな」

「え、逆にこの短時間でなにが変わったわけ」

やれ、言葉にしないと伝わらないか。仕方ない。

不可解な表情を浮かべるシエスタに向かって、俺は——


「居もしないトイレの花子さんより、目の前の文化祭なんだよ」


ホラミス？　流行らねえよ、んなもん。時代は——青春ラブコメだ。

俺は生涯一度の決め顔を作ってそう告げた。

「はあ、まあ私と君が付き合うことは絶対にないからラブコメと言えるかは微妙だけど」

しかし、当のシエスタのリアクションは俺のテンションとだいぶ開きがあり……？

「ん？」

「ん？」

賑わっているはずの校内に、急に沈黙が降りた感覚がした。そのまま俺たちはしばらく互いに顔を見つめ合い、そして首をかしげる。

ははーん。なるほどな。なるほど、なるほど。

「え、なに？　君はまさかデート＝私が彼女になるみたいな話だと思ってた？」

いや、まったく？　一ミリも？　これっぽちも？　思って、なかった……。

「バカか、君は」

「……さっきのくだり、丸々なかったことにはならないか？」

もし数年後の俺がこの光景を見るようなことがあれば、それはそれは悶えるように恥ずかしいだろうが、今の俺は中学二年生なんだ。そのあたりは大目に見てやってほしい……いや、さすがにそんな心配は杞憂か。

「まあ、そっちの君の方がやりやすくていいけど」

シエスタは俺の手に残っていたクレープをペロリと平らげると、

「次はたこ焼き、買いに行くよ」

俺の右手を取って、人混みの中を歩き出した。

「……この距離感がいろいろ間違わせるんだよな」

「なにか言った？」

「勝手に人の風呂に入ってくるなって言ったんだ」

「私が勝手に侵入するのは、君のお風呂だけだよ」

「こんな顔を見せるのは君にだけだよ、みたいな文脈で誤魔化すな」
◆無神論者もこの時だけは神に祈る

「理不尽だ」

俺は一人、暗がりの個室で頭を……否、腹を抱えていた。繰り返される痛みの波。すでに十分以上続いている激闘に、俺は額の汗を拭う。

「くそ、こんなことになったのも全部お前のせいだぞ——シエスタ」

俺は、今ごろまたどこかでたこ焼きでも頬張っているであろう少女に恨み節を吐く。

——端的に今の状況を言い表すとすれば、俺はトイレの個室で腹痛と戦っていた。

原因は明らかに食べすぎなのだが、それもこれもシエスタのアホみたいな量の買い食いに付き合わされたせいである。しかも少し休ませてくれという俺の要求を無視して、旧校舎のお化け屋敷に連れ回されていたところ、この腹痛に見舞われたというわけだった。

だが、俺が今こんなにも参っているのには他に理由があった。それは、ここがまさにそのお化け屋敷の中に位置するトイレであり——俺の入っている個室は、かの噂の旧校舎三階、手前から三番目の女子トイレだった。

……いや待て、早まるな。違う。男女兼用としてスタッフ用に開放されているのがこの個室だけだったのだ。俺はそれを緊急事態として借りているだけで、決して女子トイレに忍び込んだわけではないからな？

しかし、当然トイレの中は薄暗く、さっきからおどろおどろしいＢＧＭも聞こえてくる。正直早く脱出したい……が、俺の腹はまだ便座に座っていろと言わんばかりに、ぴーぴーきゅるると警告音を鳴らしている。つまるところ控えめに言って、

「死にたい」

というのが現状だった。

さらに場の暗い空気もあって、嫌でも例の噂が頭をよぎる。

「いや、まさか中学生にもなってお化けにビビったりはしないがな」

「誰に言い訳してるの？」

「……っ！」

自分ではない声が上から降ってきて、全身が硬直する……が、それはどこかで聞いたことのある少女の声で。

「風呂に飽き足らずトイレまで覗くな——シエスタ」

顔を上げるとそこには、個室のドアをよじ登り俺を見下ろしているシエスタがいた。一人で出口へ向かっていたはずだったが戻ってきたのか。暗かったのが功を奏して、ギリギリ見られてはいなかったようだ。俺はため息をつきながら、ひとまずズボンを上げる。

「あまりに遅かったから心配になってね……よいしょ」

「よいしょ、じゃないが。なにを降りてきてんだ」

「ずっと上にいろって？」

「外側に降りろって言ってんだ」

なんでわざわざ個室の内側に降りてくるんだ。

「ちょっと調べたいことがあってね……ん、あった」

するとシエスタは身を屈め、便器の陰からなにかを拾い上げる。それはポリ袋の切れ端のように見えた。

「なんだと思う？　これ」

「そうだな……風邪薬の袋、とか？　ここで飯を食った後にそれを飲んだみたいな」

「真っ先にその説が思い浮かんでしまう君に同情の念を禁じ得ないんだけど。君が守りたい平和な日常って、まさか昼休みにトイレで一人お弁当を食べることだったりする？」

「言った通り両親は現在進行形で行方不明だから弁当なんて作ってもらったことはないな。便所で食う昼飯は菓子パンに限る」

「さすがに君のことが可哀想になってきたね。たまにお弁当作ってあげようか？」

シエスタはさらりと言ってのけると、

「よいしょ」

自らのスカートの中に手を入れ込み、指先をなにかに引っかけて下ろそうとする。

「ちょっと待てシエスタ！　お前は今俺が見えてるか！　俺が見えてる上でその行動を取ろうとしているのか！」

「え、女の子にトイレを我慢させる性癖はさすがにどうかと思うけど」

「言ってない……一言も言ってないんだよな、そんなこと……」

「じゃあ私はここでお花を摘むから、君が出ていってよ」

「え、俺をこんな怖い環境で一人外に放り出すつもりか？」

「『まさか中学生にもなってお化けにビビったりはしないがな』って一人で頷いてたのは誰だった？　下半身を出したまま」

「見たんだったら見たなりのリアクションを最初から取れ！」

おかしい、文化祭で青春ラブコメをやっていたはずが、今度はどうしてお化け屋敷のトイレで漫才をやることになった……。いや、お化け屋敷とか漫才とかいうワードだけ切り取れば文化祭を満喫しているような感じにも思えるが……。

と、ため息をついていた、その時だった。

「静かに」

シエスタが、俺の口を手で塞いだ。

何事かと思い耳をそばだてていると――コンコンコン、と。

誰かが、俺たちの入っている個室のドアを叩いた。

まさかと思った。俺たちが今いるのは旧校舎三階、手前から三番目の女子トイレ。時刻こそ午前三時ではないが、例の噂を思い出させるには十分すぎるほどに条件が整っている。

そしてまた――コンコンコン、と。

再びドアが叩かれる。そうして俺とシエスタは頷き合い、ゆっくりと鍵を開けて扉を外側に開いた、次の瞬間。

「……！　……ん？」

開け放ったドアの外にいたのは、赤い吊りスカートの女の子――ではなく、ピンク色のうさぎの着ぐるみだった。

「あんたは確か、校内でビラ配りをしてた……」

いや、あれはパンダだったか？　だが同じようにチラシを配ったり案内板を持ったりした着ぐるみの生徒を、何人も校内で見かけた。

しかし、このうさぎはなぜこんな場所に？

ああ、もしかしたらこのお化け屋敷のスタッフか？　あまりに出てこない俺たちを心配して来てくれた、とか。

だとするなら、うまい言い訳を考える必要がある。トイレの個室に男女二人がいるというこの状況を誤魔化(ごまか)すための方便とは——

「逃がさないよ」

だが、どうやらそんな詭弁(きべん)を考えている暇も、意味もなかったことがすぐに知れる。

気づくと、うさぎの着ぐるみが背を向けて走り出していて——シエスタがその背中に向けて銃を構えていた。

「おい、シエスタ……？」

そうして訳も分からず立ち尽くす俺に対して、シエスタは脱兎(だっと)のごとく駆け出しながらこう言った。

「あのうさぎこそが、トイレの花子(はなこ)さんだよ」

◆純白の衣装と空飛ぶ花嫁

「急ぐよ」

シエスタに促され、俺も訳も分からぬままにうさぎの着ぐるみを追いかける。まだそう距離も離れていない。それゆえ、すぐに捕まえられると思っていたのだが。

「まさかこんなに速いとはな……」

そういえばあの着ぐるみが、やたら動きやすそうな靴を履いていたことを思い出す。まさかこんな逃走劇が起こることも織り込み済みだったのだろうか。

「うおっ」

さらに、足が何かに引っかかり躓いてしまった。スマートフォンの光で確認すると……それは作り物の生首だった。そう、俺たちがいるフロア一帯は今、お化け屋敷になっている。明かりも少なく、迷路のように入り組んだ構造に思った以上に足止めを喰らう。

「やれ、子供だましの仕掛けだな」

ふう、とため息をつき俺は立ち上がる。

「で、あの着ぐるみが花子さんってどういうことだ？」

「事情説明はあと。今は少しでも速く足を動かすよ」

「理由も分からないんじゃ追いかけるモチベーションが湧かんだろ」

「その時間がないって言ってるの。ところでこの私の左手をしっかり握った右の手は何？」

やれ、バレたか。さりげなくいけば大丈夫かと思ったんだが。

「なに、君は私のことが好きなの？」

「アホか、お前は」

「うわ、すごい腹が立つ」

「落ちてた生首が怖すぎて、つい手を握ってしまっただけに決まってるだろ？」

「なんで得意げに言うの？　今の君は確実に私より理不尽だからね？」

「はっは、勝ったな」

　俺たちはバカを言いつつ、お化け屋敷を抜ける。それから旧校舎から新校舎を繋ぐ長廊下を渡り終え、再び模擬店などが並ぶゾーンへと戻ってきた……のだが。

「こりゃ……」

　俺たちの視界に入ってきたのは、賑わう廊下でチラシや風船を配る何体ものうさぎの着ぐるみの姿だった。これでは一見、どれが追いかけていた本物か分からない。

「木を隠すなら森の中ってわけだね……もぐもぐ」

「ああ、うまいこと撒かれたな。そして台詞にそぐわない擬音語が聞こえてきたが」

　隣を見るとシエスタが、じゃがバターに齧り付いていた。

「買い食いしてる場合か。この追走劇を始めた張本人ぐらいは緊張感を保て」

「エネルギーを補充しないと動けないんだよ。三百円だって」

「さっき死ぬほど食っただろ。そしてまた当然のように俺に支払いを求めるな」

「じゃあ君も一口食べていいから割り勘ね」

「割り勘の概念。お、あれじゃないか」

コの字型の校舎の反対側、窓越しにこちらを遠くから見つめるうさぎの着ぐるみが見えた。そして俺が気づいたことを悟ったように、慌てて走り去っていく。

「堂々としてればバレないものを。さあ捕まえに行くぞ」

「最後は流れに沿ってやる気になってくれるその感じ、とても良いよ。伸ばしていこう」

「だからそれ腹立つからやめろ。勝手に助手育成プロジェクトを立ち上げるな」

軽口を言い合い、俺たちは再び走り出した。と、その時。

「被服部です！　コスチュームの無料試着体験やってます！」

ふと、そんな女生徒による呼び込みが聞こえてくる。

時間があればシエスタの猫耳メイド姿を拝んでやるところなのだが、生憎その暇はない。

「二名でお願いします」

あった。

「いや、やっぱりないだろ！　また逃げられるぞ！」

俺は、吸い込まれるように教室に入っていこうとするシエスタの袖口を掴む。

「なに、これも作戦だよ。相手が着ぐるみの山の中に紛れ込もうとするなら、私たちもコスプレで姿を変えるっていう戦法」

「そんなにうまくいくか？　猫耳メイドっていったら余計目立つ気もするが」

「まあまあ、いいから。……というかなんで私は猫耳メイド前提なの？　着ないよ？」

やがて俺たちは教室に通されると、着替えが入った袋を渡され、仕切られた簡易試着室に入った。そして俺はカーテンの中で一人、袋に入っていたコスチュームを取り出す。

「……これは」

だが中に入っていたのは正直言って積極的に着たいとは思えない……というか、中学生が着るには少々、小っ恥ずかしい衣装だった。しかしまあ、変装が目的ならこれも仕方ない。俺はしばらく躊躇(ためら)ったのち、その服に腕を通すと意を決してカーテンを開いた。

「誰も見てねえな」

せっかく覚悟して出てきたのに。こんにゃろ。

じゃあ被服部の連中はなにをやっていたかというと、皆もう一つの試着室に集まり、なにやら黄色い歓声を上げていた。そこにいるのは当然、俺と共に入った人物のはずで。

「お待たせ」

やがてカーテンが開くと、純白のウェディングドレスを纏ったシエスタが現れた。

「どう？」

微笑を湛(たた)えたシエスタが、そっと首を傾ける。

俺はそれに対し、

「あ、ああ。まあ……似合ってる、な」

顔を背けつつ、どうにかそれだけ言い切った。

「……素直に言われるとは思わなかった」

「……まあ、嘘をついても仕方ないからな」

「でも君も、似合ってるよ……その、タキシード姿」

シエスタが俺の着たタキシードを指さす。

「そ、そうか」

「うん……」

なんともむず痒い感覚がして、俺たちはどちらからともなく互いに顔を逸らす。

「よかったら写真、撮りますよ！」

と、被服部員の少女がカメラを構える。

「じゃあ、まあ？」

「せっかくなら？」

俺たちは再びどちらからともなく顔を合わせ、その提案を受け入れる。

「じゃあ、いきますよ！　はい、チーズ！」

パシャリ。

この格好ということもあってピースサインを作ることもないが、俺とシエスタは隣に並び写真に写った。そして二人して、データをスマートフォンに送ってもらう。

「良い思い出ができたね」

シエスタがはにかみ、俺も薄く笑う。

ああ、本当に良い思い出に――


「――じゃなくて!!」


思わず俺は絶叫した。

「うさぎを！　追うんだろ！」

一体何をコスプレではしゃいでたんだ俺たちは。当初の目的をすっかり忘れていた……。

「うっかりラブコメに尺を使いすぎたね。急ぐよ」

やがて、すっかりいつもの調子に戻ったシエスタがウェディングドレス姿のまま教室を駆けだしていく。

「おい！　……あー、くそ。衣装はあとで返しに来る！」

そして俺も呆然(ぼうぜん)とした被服部員たちに声を掛け、どうにかシエスタに追いつく。

「これ、走りにくいね」

「その格好で鬼ごっこに興じてるのは、間違いなく世界でお前だけだよ」

ウェディングドレスとタキシードを着た男女が長い廊下を駆ける。生徒たちは皆こぞってスマートフォンを構える。コスプレイベントとでも思われてるのだろうか。ＳＮＳに載せられたら黒歴史確定だな。

「ねえ」

だがシエスタは、そんな憂鬱を吹き飛ばすような晴れやかな顔で、

「楽しいね、助手」

まるで今、自分たちが青春の只中にいるように、俺に笑いかけた。

「誰が助手だ」

「あ、バレた？」

バレた？　じゃないわ、急に素に戻るな。まったく。

「助手、あれ」

と、シエスタがふいに窓の方を指さす。その先に見えたのは、

「あんなとこまで逃げてやがったか」

うさぎの着ぐるみが、人混みに沸く校庭を真っ二つに横断している姿だった。

「着ぐるみを着たままとは、律儀な逃走犯だな」

「一人じゃ脱げないタイプなんだよ、あれ」

「そりゃ可哀想に」

この時期にあんな格好で全力疾走したら、さぞ汗だくなことだろう。

「だから、早く捕まえてあげないとね」

言うとシエスタは窓を開け放つ。

「……ちょっと待て、嫌な予感がするんだが？　まさかとは思うが、お前ここから飛ぶつもりじゃないよな？」

「うん、違うよ」

そうか、さすがに違ったか。助かった。

「私だけじゃなくて君も一緒にね」

「は？」

「大丈夫。私が今履いてる靴は、例の《七つ道具》のうちの一つでね――」

そう言うや否やシエスタは俺を抱きかかえると、窓枠に足を掛け、

「――空を飛べるんだ」

その日。タキシードを着た少年がウェディングドレスを身に纏った少女に抱えられて空へ跳躍する姿の映像が、ＳＮＳを大いに賑わせた。

◆そうしてあの目も眩むような冒険譚は始まった

「じゃあ結局、本当にあの《うさぎ》が《トイレの花子さん》のうちの一人だったのか」

翌日、とある喫茶店にて。

俺はシエスタと、今回起こった事件の真相について改めて語り合っていた。

「そう、これが今不登校になっている生徒たちが摂取していたクスリのポリ袋」

シエスタは紅茶を一口啜った後、服の裾から透明な袋を取り出しテーブルに置いた。それは昨日、あの旧校舎三階の女子トイレで拾ったものだ。

「ある種の覚醒剤みたいなものでね。摂取すると一時的に気分が高揚したり、集中力が増したりするってことで、この学校ではまず陸上部の生徒を中心に広がってたみたいだね」

「全然知らなかったな……じゃあ今学校を休んでる生徒はそのクスリを使ってたと？」

「うん。その効果の分、副作用もすごいらしいからね。特に、記憶障害が引き起こされるケースが多いみたい。完治には長い時間がかかると思う」

「そうか……」

だが、反対に言えば丁寧な治療を重ねれば治るということでもある。それはせめてもの救いと言えるだろうか。

「じゃあ《花子さん》が増殖してるっていうのは、つまり……」

「クスリの強固な依存性が原因だろうね。クスリを買うお金を得るために、今度は自分が売る側に回る……そうやって加速度的に《花子さん》が増えていったんだと思う」

旧校舎三階の女子トイレ、その手前から三番目の個室のみで買うことができる違法薬物。その闇取引を隠語のように表していたのが《トイレの花子さん》としての噂話（うわさばなし）。無論、その本当の意味を知っている生徒は限られていたのだろうが、一部ではそんな学校の都市伝説を隠れ蓑（みの）に、犯罪行為が行われていたのだ。

「実際その違法薬物は、ある植物から出る《花粉》のようなものをベースに作られているらしいよ」

「それで《花子さん》か。くだらないジョークだな」

だけど、そんな笑えないジョークの裏で、何人もの被害者が出ていたのだ。

そして俺は、その事態にまったく気づいていなかった。なんでもない毎日さえあればいいとのたまっていたくせに、そんな平和な日常はすでに花の毒に侵されていたのだ。

「けど、もともと《花子さん》は午前三時にしか現れないんじゃなかったのか？　なんでまた昼間の文化祭なんかに」

「それだけ彼女たちも切羽詰まってたってことだよ。ライバルを出し抜いてクスリを布教する機会を窺（うかが）っていた」

「なるほど、あの《うさぎ》はその一人だったというわけか」

《花子(はなこ)さん》たちは皆、違法なクスリに手を出しているやましさから、人前に顔を出しづらくなっていた。しかし人混みに紛れられる文化祭なら……しかも着ぐるみで正体を隠せるならバレないと踏んだのだろう。

「シエスタお前は、最初からあの《うさぎ》がおかしいことに気づいてたんだよな？」

「うん。わざわざランニングシューズを履いてる着ぐるみなんて、自分で正体を明かしてるようなものだからね」

なるほどな。《花子さん》の多くは陸上部だという話だった。やはりシエスタはあの《うさぎ》に会った瞬間に、その正体がクスリ売りの陸上部員だと分かっていたのか。万一に備えて逃走用に履いていたランニングシューズが、反対に仇(あだ)になったわけだ。

「そしてこっそり隠語を使って《うさぎ》とコンタクトを取り、客のフリをしていた、と」

今思えばシエスタは、最初に《うさぎ》からチラシを受け取った時、やたらと時間外にこだわっていた。それはお化け屋敷の休憩時間を指していたわけではなく、クスリの午前三時以外での取引を意味していたのだ。そしてまんまと現場にやって来た《うさぎ》は、しかし銃を持ったシエスタを見て、罠(わな)だったことに気づき逃げ出した、と。

「一流の探偵っていうのは、事件が起きる前に事件を解決しておくものだから」

いつかも聞いたその台詞(せりふ)。

シエスタは、優雅に片目を瞑(つぶ)りながら紅茶を啜(すす)った。

「ま、お前にとっちゃ大して難しい事件ではなかったか」

なにせシエスタは《人造人間》を相手に大立ち回りする名探偵だ。麻薬の密売など、シエスタにとっては朝飯前……いや、昼寝前といったところか。

「だけど今回のその《お花》には、どうやら例の組織が絡んでるという話もあってね」

「例の組織って、まさか？」

シエスタは無言で肯定の意を示す。

秘密結社《SPES(スペース)》――そうだ、クスリというのなら元締めが……黒幕が必ずいる。奴(やつ)らは俺の知らない間にもう、すぐ身近なところまでその影を伸ばしてきていた。

「それで？」

と、カップをソーサーに置いたシエスタが俺に視線を向ける。

「君はこれから、どうする？」

青いまなざしが、俺を捉えて離さない。

その意味は、もはや問い直すまでもなく分かりきっている。

俺に覚悟はあるのかと。この、いつの間にか冷たくなり始めていたぬるま湯から抜けだし、戦いの日々に身を投じるつもりはあるのかと。そう、俺に訴えかける目をしていた。

で、あるならば。

「シエスタ」

俺は最後にこれを尋ねる。

「俺がお前の助手になることで、俺にはどんな利点がある？　お前はどんなメリットをもたらしてくれる？」

それが、俺の提示したこの話し合いの原点。

だが、本当はそんなことを訊いても無意味だと俺は知っている。

ああ、実は気づいてるさ。

なぜお前が俺にこだわるのか。どうして助手が俺でなければならないのか。それはひとえに、俺のこの《巻き込まれ体質》が理由だ。これさえあれば、事件もトラブルも向こうから独りでに足を生やしてやってくる。

事件を……《SPES》を追い求めているシエスタにとっては、まさにとっておきの人材。名探偵は、助手ではなく事件をご所望というわけなのだ。

だから、シエスタは俺のことなんか見ちゃいない。俺に提示できるメリットなんて、急ごしらえの適当なものしかあるはずがない。それを分かった上で……断ってやろうと腹を決めた上で、俺はそんな意地悪な質問をしたのだった。

するとシエスタは、一度ぎゅっと目を瞑り、

「私が君を守る」

それから目を開くと、柔らかな微笑を湛えて言った。

「君がその体質のせいで、どんな事件やトラブルに巻き込まれようと、私がこの身を挺して君を守ってあげる」

だから、と。

「君——私の助手になってよ」


シエスタはテーブル越しに左手を差し出しながら言った。

「……何をうまいこと言いくるめようとしてんだよ」

俺は無論、そんな取り繕っただけの提案なんて受け入れてやるものかと——

「まあ、そこまで言うなら付き合ってやらんでもないが」

思ったのだが、気づくとその手を握っていた。

なぜかって？　知るか。そんなの俺が聞きたいわ。

だが、なぜだろうな。俺の脳裏には、あの光景が……十歳も背伸びをしたあの格好で空へ跳んだあの光景が、どうしても頭から離れなかったのだ。

「こんな分かりやすい男のツンデレを初めて見た」

「助手に勝手な属性を植え付けるな」

「もう助手って自認してる」

「っ、今のは言葉のあやだ」

「というか、ここに来てる時点でもう答えは出てたよね？」

シエスタは、ひらひらと二枚の航空券をちらつかせる。

そう、俺たちが今いる喫茶店とは、まさに空港のラウンジのことだった。

「……大体、一口に助手と言っても定義が曖昧というかだな」

「うーん、たとえば毎朝私を起こして、歯を磨かせて、服を着替えさせたりとか？」

「…………。……そんなのお断りだ」

「すごく考える間があったけど？　ちょっとその生活いいなって思わなかった？」

「あー、うるせえ！　分かったよ！　望み通りお前の助手になってやる！」

そうして俺はテーブルを叩いて立ち上がると、

「だから一生一緒にいてくれ！」

興奮のまま、思いの丈を目の前の少女に告げたのだった。

「え、それってプロポー……」

「前言撤回！」

【Interlude 1】

「……え、なんだ今の話？」

ちょっと待て。特に最後のあのくだりはなんだ。

随分古いところから始まったなと思ったら、なんか唐突に俺の恥ずかしいエピソードが明かされたが？　これってシエスタの死の真相を解き明かすための映像じゃなかったのか？　俺を辱めるための罠でしかなかった……。

「あ、流す映像を間違えた」

「絶対わざとだろ！」

再びスクリーンに映ったシエスタが、無表情のままわずかに顔を傾ける。

まったく、一年越しに俺をからかうネタを仕込むな……。

……だがまあ思い返してみれば、こうして俺とシエスタは互いに利害の一致を見て、やがて共に旅に出ることになったのだった。

「くっ、なんでマームはワタシじゃなくて、キミヅカみたいな陰険な男を……」

「落ち着けシャル、四年前の俺に嫉妬してどうする。そしてついでに罵倒するな」

「くっ、なんで二人は四年前にもう結婚の約束なんてしてるわけ……」

「落ち着け夏凪、そこでお前まで嫉妬っぽいことを言う意味が分からん」

「はあ、君塚さんは子供ですね。乙女心というものが分かってないです」

「この中で一番子供のお前が言うか、斎川」

おい、この一人がボケだしたら全員連鎖でふざけ倒すまで終わらないシステム、いい加減やめないか……ツッコむ体力が持たないんだが……。

「さて、それじゃあ今度こそ私の死の真相に繋がる重要なエピソードを見てもらうんだけど——せっかくだから、先に四人にはヒントを与えておこうかな」

シエスタはそう前置きをすると、

「一つひとつの情報を見誤らないこと。今、誰が、なにを喋っているのかを正確に把握しておくこと。そして常に、目の前の現象を疑うこと」

このことをこの先ずっと覚えておいてほしい、と俺たち四人に告げる。

「目の前の現象を、疑う……」

夏凪がぽつりと呟き、俺に視線を向ける。

「え、もしかしてこれ、君塚じゃ、ない……?」

「俺の二日会わないと忘れる顔っていう設定をわざわざシエスタから引き継ぐな。そんなところまで探偵の遺志は継がんでいい」

絶対そういう意味じゃないからな、今の台詞。

「それを踏まえてもらった上で、次の映像を流すね」

画面の中のシエスタがそう言うとシーンが切り替わった。

「ここはまだ、助手も覚えているはずだよ」

映っていたのはロンドンの街並み。

そして、とあるレンガ造りのビルに入っていく人物が二人——俺とシエスタだった。

「ここは確か……」

一年と少し前。俺たちが住居兼、事務所として使っていたビルに違いない。そしてこの街で起こった出来事と言えば——

「じゃあ、いくよ」

シエスタが、物語を進める合図を告げる。

「ここから先、私の死の真相を解き明かしてみてね」

【第二章】

◆死者はかくして蘇る

「生き返ったジャック・ザ・リッパーを捕まえる手助けをしてほしい」

イギリス、ロンドン。

俺とシエスタが居を構える事務所にやってきた風靡さんは、対面のソファに座り、煙草の火をふかしながらそう言った。

「……風靡さん、あんたなんでイギリスに？」

「ああ、お前らには言ってなかったが、出向でな。といってもそれも昨日までで、アタシはこの後の便で日本に戻るが」

「聞いたことない人事異動……」

加瀬風靡——日本で顔なじみだった、赤髪の女刑事。だがこうして会うのは、俺がシエスタと共に日本を離れてから三年弱ぶりだ。

そしてアポイントメントもなくやってきたのがほんの数分前のことで、久しぶりの再会を祝することもなく、さっきの依頼を突きつけてきたというわけだった。

「ここ禁煙ですよ」

「うるさい」

理不尽だ。

「そういうわけで、お前たちにこのヤマを託す――ジャック・ザ・リッパーを捕まえてくれ」

「それって、あの?」

ジャック・ザ・リッパー、またの名を、切り裂きジャック。1888年にイギリスで発生した、連続殺人事件の犯人の通称である。未だに犯人の特定には至っておらず、百年以上が経った今でも、その事件の特異性は多くの人々の関心を集めている。

「ああ、そいつのことで間違いない。最近ここロンドンでまた、やつと同じような手口の事件が頻発しているらしい。今日も一人、遺体があがった」

同じような手口、か。確か切り裂きジャックは、被害者の身体をバラバラにしたり、臓器を抜き出したりと、猟奇的な方法で人々を毒牙にかけていたはずだ。――しかし、

「もう百年以上前の事件でしょう? 当然、犯人は死んでいる」

「ああ、だから言ったろう? 生き返ったんだよ」

「そんなバカな」

死んだ人間は、決して生き返ることはない。そんなことは小学生でも知っている。

で、あるならば。

「つまりは、現代版ジャック・ザ・リッパー、模倣犯ってことですか？」

俺は、相変わらず赤いルージュから煙を吐き出している風靡さんに訊く。

「くそ真面目な反応だなあ。だがまあ、そういうことになるか」

「だったら最初からそう言ってくれ」

「こうでも言わねえと、そこのお嬢ちゃんが興味を持ってくれないだろ？」

風靡さんは目を細め、机で眠りこけている名探偵に視線を向ける。

「おい、言われてるぞ――シエスタ」

俺は机に額を預けているシエスタの身体を何度か揺する……が、びくともしない。まあ、一度昼寝を始めた彼女が、これぐらいのことで目を覚まさないのは予想の範囲内だ。だったら――

「避けないと死ぬぞ」

俺は席を立ち、背後のキッチンから包丁をシエスタに向かって投げつけた。

「……危ないなあ」

するとシエスタは机に突っ伏したまま指先で刃先を挟み取り、やがて、大きく伸びをしながら起き上がった。

「命の危機に瀕しないと目が覚めないのは仕様か？」

俺はソファに座りながら呆れつつ訊く。

「私に昼寝をする隙を与えるほうが悪い」

「隙も何も、たまに飯食いながらでも寝てるじゃねえか。赤ちゃんかよ」

「え、赤ちゃんは君の方でしょ？　たまにやるじゃない、あの遊び」

「客の前だ。今すぐその口を閉じろ」

いいか。今の話は直ちに忘れるんだ。絶対にだ。

「で、なに？　現代に蘇ったジャック・ザ・リッパーだったかな」

シエスタは、くあっと猫のような小さなあくびをしながら俺に尋ねる。

「なんで眠りながらも話はしっかり聞いてるんだ。あと、額に寝てた跡ついてるぞ」

「寝てても聴覚細胞だけは常に働かせてるからね。うそ、どこ？　赤くなってる？」

「お前まで《コウモリ》みたいなことを言い出すな。ほら、自分の手鏡で見てみろ」

「私にはあんな気持ち悪い《触手》は生えてないよ。わあ、模様みたいになってる」

「はは、そうやって髪を上げてると、なんか子供っぽく見えるな。意外と額も広い」

「うるさいな。君こそあれだからね、将来絶対ハゲるからね。髪質、すごく細いし」

「あー、こらっ触ってくるな。うっとうしい……おらっ」

「いたっ。へえ、良い度胸だね。この私にデコピンとは」

シエスタは好戦的な笑みを浮かべると、勢いよく俺に飛びかかってきて——

「お前ら、いつの間にそういう関係になったんだ？」

風靡さんがどこか呆れたような表情で、俺と、俺の膝に乗ったシエスタを見ながら、フーっと煙草の煙を吐き出した。

「どういう関係と言われても」

「別に、普通に」

俺は膝の上のシエスタと見つめ合い、そして、

「「ビジネスパートナー」」

声を合わせて当たり前の事実を言った。

だって俺とシエスタだぞ？　それ以外あり得ないよな？

「まあ、別になんでもいいが」

やがて、風靡さんは自分で訊いておいて興味を失ったように立ち上がると、煙草の火を潰しながらこう言った。

「早速切り裂きジャックの被害者に会いに行くぞ」

◆ミステリならやっぱり遺体を転がせ

「これは《ケルベロス》の仕業だね」

その場にしゃがみ込み、血にまみれた男性の遺体を見つめながらシエスタは言った。

バロック建築の教会の内部——この場所こそが、現代に蘇(よみがえ)ったジャック・ザ・リッパーによる殺害現場である。風靡(ふうび)さんとはここに来る前に別れたが、特別に規制線の内側に入れてもらい、実況見分をさせてもらっていた。しかし——

「ケルベロスだって?」

シエスタが放った、場にそぐわないそのワードに俺は首をかしげる。

「変な声」

「血の臭いは苦手なんだ」

「首を曲げるか鼻をつまむか、せめてどっちかにしたら?」

ほら、とシエスタは腰元に装着した《七つ道具》の一つ——小さな手鏡を俺に見せた。

なるほど、確かにそこには珍妙なポーズの男が映っていた。

忠言に従い俺は鼻だけ押さえつつ、シエスタの隣に腰を落とす。

礼拝堂の奥。大きな十字架のその下に、聖職者と思われる男性の遺体が転がっている。

「触れちゃダメだよ」

「分かってる。指紋は残さない」

「犯人みたいな台詞だな」

「だったら一瞬で事件解決だな」

軽口を交わしつつ、俺は手を合わせる。

数秒間、黙とうを捧げてから目を開けた。仏様を見るのは何度経験しても慣れるものではない。この十七年、生まれ持った巻き込まれ体質ゆえに人の死に出くわすことは何度もあったが……漂う血の臭いと、死を迎えた人間の濁った瞳は、いつも俺の脳みそをぐちゃぐちゃにかき乱す。

「で？　そのケルベロスっていうのが、最近現れた切り裂きジャックの正体だと？」

凄惨な現場に、俺は目を細めながら訊く。

そこに改めて映ったのは、左胸にぽっかり穴が開いた神父の遺体だった。

「そう、コードネーム《ケルベロス》。地獄の番犬は、人間の心臓を食い散らすという」

シエスタは相変わらず涼しげな表情で、髪を耳にかけながら言う。

「奴らの仕業だと？」

「まだ断言はできないけどね」

シエスタは顎に指先を添えながら続ける。

「でも、百年前ならともかく——これだけの事件を連続で起こしながら、いまだに警察がまったく足取りを掴めないというと、ね」

「まあ、察しはつくか」

敵はやはり《SPES》——コードネームがあるということは、ホシは《人造人間》か。

「敵の目的は？　なぜケルベロスは人の心臓を奪って回っている？」

まさか、本当にただ切り裂きジャックの真似をしているだけではないだろう。

「単独の判断でこんなことを続けているとは考えにくい。きっと上からの指示による犯行だとは思うけど」

上からの指示……確か三年前、俺とシエスタが出会うきっかけとなったハイジャック事件も、コウモリが組織から命じられて行ったテロだった。

「まあ敵の目的は、捕まえてから吐かせればいいよ」

「シエスタお前、無表情で拷問とかしそうだよな」

「人聞きの悪い。あ、今のは自分にそうしてほしいっていう意思表示？」

「んなわけあるか。俺にどれだけ特殊性癖を植え付けたいんだ」

だいたい殺人現場でする会話じゃないからな、これ。

「けどシエスタ。捕まえてから吐かせればいいとは言うが……そもそも、その算段は立ってるのか？」

すでに多くの犠牲者が出ていて警察でも手をこまねいている相手を、どうやって捕まえるつもりなのか。

「……君のそれは？」

しかし、シエスタは質問には答えず俺の手元に視線を送る。

「ああ、これか。さっき別れ際、風靡（ふうび）さんから預かった」

俺は手慰みに、ポケットから取り出したジッポーをカチャカチャと鳴らしていた。

「やっぱり禁煙するからお前にやる、だとよ」

どういう心境の変化かは分からないが、家で煙草（たばこ）を吹かされる心配がなくなるかと思うとありがたい。

「なるほど。久しぶりに再会した男に、自分の一番大事なモノを託した、と」

「どういう感情だ、それ」

あの人にとっちゃ俺なんて、やたらと殺人現場で遭遇するうさんくさいガキみたいな存在でしかないからな？

と、そんなどうでもいい話をしている場合ではない。

「ケルベロスを捕まえる方法だよ。なにか策はあるのか？」

ただ手をこまねいているだけでは、犠牲者が増えていく一方だ。一刻も早く手を打つ必要がある。

「実は、私もこのケルベロスによる被害については、前から把握していてね」

シエスタは再び腰を落とし、心臓が引き抜かれた遺体を見ながら言う。

「まあ、お前がそう易々とこれだけの事件を見逃すわけもないよな」

たとえ依頼がなくとも、シエスタは自分の使命に従って《世界の敵》と戦う——そういう少女である。だから、今までシエスタがケルベロスを捕まえられなかったのには、それ相応の理由があるはずで。

「敵は《鼻》がいいみたいでね、どれだけ私が近づこうとしてもずっと逃げ回っていた」

「なるほど、さすがは犬っころだな」

コウモリも《耳》が発達していたように、《人造人間》は、身体のどこかのパーツを中心に強化しているやつらが多かった。今回のケルベロスは、《鼻》がご自慢らしい。

「でもなぜか今、ケルベロスは私たちがロンドンにいるにもかかわらず、こうして犯行を行っている」

「……罠か？」

「チャンスだって話のつもりだったんだけど？」

相変わらず強気な名探偵である。

「確かに、何かを企んでいる可能性はある。だけど同時に、今を逃したら次に敵を捕まえる好機は永遠に訪れないかもしれない」

「そうは言うが、具体的にどうやって追いかけるんだ？」

「逆だよ、逆」

するとシエスタは立ち上がりながら、

「私たちがケルベロスを追うんじゃない。ケルベロスが私たちを追ってくるんだよ」

至極真面目な顔で、よく分からないことを言ってくる。

「いい？　反対に言えば、今は敵にとっても私たちを倒すチャンスということだよ」

「でも、ケルベロスはお前にビビって逃げてたんだろ？　だったら——」

そこまで自分で言って、嫌な予感が走った。

「まさか、シエスタお前……」

「君も良い推理をするようになったね」

シエスタは、ニッと口角を上げると、

「ケルベロスが恐れているのは私だけ。つまりは、君ひとりなら敵は喜んで襲い掛かってきてくれるというわけだよ」

「やっぱり俺を囮にするつもりか！」

この名探偵、俺を餌に地獄の番犬をおびき出そうとしている！

「この仕事を始めた時から、いつかこういう日が来ることは分かっていたはずだよ」

「そんな大層な覚悟を固めた覚えはない！」

くそ、助手をやってやる代わりに俺の命を守ってくれるという取引はどこへ行った！

「君にも遂に、強大な敵と戦う日が来たね」

「勝手に俺を伝説の勇者に仕立て上げるな」

「いや、伝説の勇者は私だよ。君はせいぜい、敵を切り裂く私の剣……を作った鍛冶屋の主人……の跡を継げなかった農夫ってところ？」

「理不尽だ」

今から巨悪にひとり立ち向かおうとする助手に対して、あんまりの仕打ちである。

「じゃあ、そろそろ行こうか。現場は十分確認できたわけだし」

シエスタは俺の不満顔には一瞥もくれず、くるりと出口の方へ向き直る。

「……次はどこに行くつもりだ」

「うーん、打ち合わせがてらアフタヌーンティーとか？」

「殺人現場からアフタヌーンティーに直行できる人間は世界中でお前だけだよ」

そしてこの名探偵、細い身体をしていながら相変わらずの健啖家である。ロンドンに来てからも、しょっちゅうレストランでサンデーローストをペロリと喰らっている。その食費のせいで、死ぬほど働かなければ生活ができない有様だ。

「……私は普段から脳を酷使しているから、人より三大欲求が多少強めなんだよ」

するとシエスタが振り返り、いつになく早口でまくし立ててきた。

こういう姿は珍しい。

どうやらシエスタも、人並みの女の子としての感覚は兼ね備えているようだった。

「だからしょっちゅう昼寝してるのか」

「寝起きの悪い君に言われたくないな」

俺たちは戯言(たわごと)を吐き合いながら、その場をあとにした。

「三大欲求が人より強め」

「…………食欲と睡眠欲の間違い」

◆名探偵は遅れてやって来ない

『そういうわけで、君は部屋でのんびりピザでも食べながら余生……じゃなかった余暇を楽しんでほしい』

「助けに来るんだよな？　俺が殺される前に助けに来てくれるんだよな？」

シエスタが用意したというホテルの一室。あれからアフタヌーンティーでの打ち合わせも終え、さらに夕食まで取ってからシエスタと別れた俺は、ひとりベッドに寝転びながら彼女と電話で話していた。俺が囮(おとり)となってケルベロスを引きずり出す……その作戦の最終確認である。

『君と世界を旅するようになってからもうすぐ三年……なんだかあっという間だったね』

「唐突に過去を懐かしがり始めるな。回想に入るのはもっとお互い年老いてからでいい」

『最初の頃は喧嘩ばかり……いや、今もかな。でも、おかげで毎日退屈はしなかったよ』

「だから勝手に人の死を覚悟するな！」

いくら助手といえども命まで差し出すつもりはないからな？

「……それで？　本当にこの部屋にケルベロスは来るんだろうな？」

しかし一度作戦に乗ってしまったからには、もう降りることは許されない。ならば、あとはミッションが首尾良く進むように準備を整えていく方向に切り替えていくべきだろう。

『大丈夫、私の読み通りに行けば、今夜二十四時丁度に君はケルベロスに喰い殺される』

「殺されちゃってんじゃねえか」

助けに来いよ。五分前行動で助けに来てくれよ。

「俺の寿命、残り三時間切ってるんだが」

部屋の窓を覗くと、もう外はすっかり陽が沈んでいた。

『正直言うと、時間なんて分からないし、今日がその日かどうかすら分からないよ』

……そりゃそうか。ケルベロスが、シエスタと別れた俺を狙っている可能性が高い、というだけでその日時まで割れているはずもない。ただその日が来るまで、俺はこのホテルで待機ということになるのだろう。

「シエスタは隣の部屋でも取ってるのか」

『バカか、君は』

また急に罵倒された。理不尽だ。

『私が近くにいたら敵は警戒して出てこないでしょ』

……ああ、そういえばそうだったな。

「ちょっと待て。じゃあマジで俺一人なのか？　俺ほんとに今日死ぬんじゃないか？」

自慢じゃないが、一人で《人造人間》に勝てるほど俺は強くないからな？

『大丈夫。一応策は施してあるから、万に一つは助かるよ』

「万に一つしか助からないのか、俺は」

『ジョークだってば』

お前の場合そう聞こえないから問題なんだよ。

「はあ、お前が同じ部屋にいてくれたらな……」

俺は最悪の事態を想定し、つい、そんなため息をついた。すると――

『……ふーん』

次に電話口から聞こえてきたのは、なぜか俺をからかうような口調で、

『私と同じ部屋に泊まりたかったんだ』

「っ、そういう意味じゃない。あくまでも身の安全のためだ」

『一緒のベッドで寝たかったんだ』

「だから違う。それにお前寝相悪いじゃねえか、何度裏拳を食らったと思う？」

『じゃあ一緒にお風呂に入りたかった？』

「長風呂には付き合ってられねーよ」

『素直じゃないなあ』

残念だったな、素直な気持ちがこれだ。

「もうなんかいいや……じゃあ、そろそろ」

バカなやり取りを交わしているうちに、なんだか気が抜けてしまった。あとはシエスタの用意したという策に賭けるとしよう。そう思い、電話を切ろうとした時だった。

「シエスタ、お前外にいるのか？」

電話口から、車のクラクションの音が遠く聞こえた気がした。

『え？　まあ、そうだけど』

「あんまり遅くならないうちに部屋に戻れよ。ケルベロスじゃなくとも、危ない奴はいるからな」

『…………』

と、なぜか無言が流れる。

「シエスタ？」

『……いや、ごめん。君が私を女の子扱いしてくるのが、なんだか新鮮で──』

「驚いた？」

『笑った』

「笑ったのかよ」

笑うなよ。こんにゃろ。

せっかく人が少し優しさを見せた途端これだからな。

「じゃあ切るぞ」

『近くには行けないけど、せめて淋しくないように電話は繋いだままにしといてあげるよ』

「別に淋しくないわ。……だがまあ、お前がどうしても繋いだままにしておきたいなら

──」

『あー、はいはい。最後まで言わなくても分かったから』

それから数時間後。当たらなくていい勘や予測ほど当たってしまうもので、それじゃあ一体なにが当たってしまったのかと言えば、ケルベロスの襲来日時である。

──人の気配がする。

今の時刻は、体感で二十四時を少し過ぎた頃。

俺一人きりのはずの部屋……しかし今、確かに近くでなにかが動く気配があった。

あの電話から数時間。俺は、ルームサービスを頼んだりテレビを見たり適当に時間を潰した後、服も着替えず早めに消灯してベッドに入った。そして万一に備えて寝たふりをしてその時を待っていたのだが……まさしくその一万分の一を引き当ててしまったらしい。

敵は、恐らく一人。

すべての照明を落とした暗闇。エアコンの駆動音も聞こえない静謐（せいひつ）な空間の中で、いま確かに、俺の耳はピストルのセーフティが外れる音を捉えた。何者かが、俺の命を狙っている。だけど——

「悪いな。殺されかけることには慣れてるんだ」

ある程度、気配で相手がどこにいるかは分かる。俺は不意をつく形でベッドから飛び起きると、敵の拳銃を持った腕を両脚で挟み、一気に十字で固める。

「……ッ！」

自分の身は自分で守れ、だ。

確かにシエスタを頼みの綱にはしているが、自分で対処できることは自分でやる。昔からこの体質のせいで引き寄せられるトラブルに立ち向かうために、ある程度の武術は心得ていたが、ここ最近はシエスタにさらに鍛えられている。

「骨の一本や二本は我慢してくれよな」

悪いが、《人造人間》にかける情けはない。

「ッ……！」

敵の手から拳銃がこぼれ落ちる。だが、もう少し絞めさせてもらう。今は離れた場所にいるはずのシエスタが、ここに来るまでの時間を稼がないといけないからな。

「動くな。動くと余計に……って、な？」

上腕部を締め付けている感覚が、途端になくなった——かと思うと、

「ぐ、は……！」

顔面に、鋭い痛みが走る。舌が切れ、口の中に一気に鉄の味が広がった。

「……自分で肩を脱臼させやがったのか」

暗くてその姿は見えなかったが、恐らくそれに間違いない。自分自身の右肩から腕を引き抜き、身体ごと回転させる要領で、俺の顔面を蹴り飛ばしてくれたというわけだ。こんなの、まるで並の人間業じゃない。

「はは、そりゃそうか」

なにが並の人間だ。こいつは人の心臓を喰らう地獄の番犬、ケルベロス——現代に蘇り し切り裂きジャックだ。

「シエスタ、稼げて三十秒だぞ」

どこにいるかも分からない相棒に望みを託しつつ、俺はステップを踏み右足を振り抜く。対象は敵が落とした拳銃一丁。だが、その足はあと一歩のところで空を切った。

「くそ……」

先に拾われた。そして、銃声。弾丸が、顔面のすぐ横を突き抜けていくのが分かった。そのあとで、俺の左胸を切り裂き心臓を奪うつもりなのか。

「殺せればなんでもいいってか」

俺はなるべく姿勢を低くして物陰に隠れる。武器の利もなく、視界も奪われている環境下では、これ以上上手の出しようもない。なにか、この状況を打破できるようなものは――ああ、こいつがあったか。

「さすがは警察官。先見の明がありすぎるな」

俺はズボンの右ポケットに入れたままだったジッポーを取り出し火を点すと、ベッドにそれを放り投げた。

「……ッ！」

すると火は瞬く間に燃え広がる……ことはなく、その寸前で、部屋の天井に設置されたスプリンクラーが作動した。

「隙ありだ」

「……！」

放出される水流の中、驚き怯ひるんだ敵をベッドに押し倒す。

「これでゲームセットだ」

悪いな、シエスタ。今回はお前の出番はなさそうだぞ。

「さあ、素性を明かしてもらおうか」

俺はベッド脇の照明のスイッチに手を伸ばす……と、そこには、びっしょり濡ぬれたブロンドの髪を頬に張りつけた、迷彩服姿の一人の少女が横たわっていた。

狩るべき獲物に逆に押し倒され、少女の顔は羞恥とあるいは恐怖に染まっていて——その日本人離れした宝石の瞳は、わずかに濡れて、揺れていた。

「お前は……」

そして少女は、自らの名前を語る。

「ワタシの名前は——シャーロット・有坂ありさか・アンダーソン」

◆そのドヤ顔だけは許せない

「シャル？」

俺は、この少女のことを知っている。

シャーロット・有坂・アンダーソン。

国籍はアメリカにあるが、日本人の血も継いでいる十六歳の少女。所属する組織の命令によって世界中を飛び回っているエージェントで、シエスタの要請で行動を共にしたこともある——つまりは俺も顔なじみの存在ということだ。

「大丈夫、か?」

俺は恐る恐るシャルに声をかける。

「……ええ、どうにか」

するとシャルは、負傷した右肩を押さえつつゆっくりとベッドの上で起き上がった。俺もそれに合わせて立ち上がり、ベッドから距離を取る。

しかし、なぜシャルがここに? どうして武装して俺の部屋なんかへ……。

「あ、そういうことか。シエスタに頼まれたんだな?」

これがシエスタの言っていた策のことか。なるほど、確かにシャルの戦闘スキルがあれば十分敵とも戦える。どうやら俺は早とちりで過剰防衛をしてしまったらしい。

「……そうよ。まったく、いきなり襲い掛かってくるんだもん」

「悪かったって。けど、お前だって銃なんて持って入ってくるから」

「それは、ほら、もうケルベロスに先回りされている可能性もあったから」

なるほど、それもそうか。俺も少し警戒心が強すぎたのかもしれない。ビビりすぎだとシエスタにも笑われるところだったな。

「ん、なにか臭うわね」

するとシャルが、すんすんと鼻を鳴らす。

「そうか？　屁でもこいたか？」

「デリカシーって概念を持っていない名探偵が相棒なもんでな」

俺は一応シャルの言う通り、空気の入れ替えを図るべく窓を開けに向かう。

「けど、案外キミヅカもやるのね。完敗だわ」

背中越しにシャルが言う。

「奇策もあったとは言え、ワタシが押し倒されるだなんて」

「まあ確かに、俺がシャルにサシで勝つのは初めてか」

普段シエスタに鍛えられているだけはあったな。そう思いながら俺はカーテンに手をかけ、そして窓を開けたところで——

「いや、俺が本当にシャルに勝てるか？」

それはあまりにみっともない自己分析で、プライドの欠片もない推測だ。

だが、俺は知っている。

シャーロット・有坂・アンダーソンという少女の強さを。そしてその強さを誰よりシエスタが認めているということを、知っている。シャーロットは、決して俺なんかに負けることはない。

「……いや、それよりも」

これはもっと、簡単な理論だ。

「あの負けず嫌いな癇癪持ちが、そう簡単に負けを認めるはずがない」

よりによって、不倶戴天の敵である俺相手にな。だから――

「お前は、誰だ？」

俺は振り返りシャルに……シャーロット・有坂・アンダーソンを名乗るそいつに訊く。

「なるほど。見抜かれたか」

声がシャルのものとは変わり、太い男性の声に変わる。そして次の瞬間、その顔や身体までもが歪むように変化を見せ――現れたのは、黒色のローブを身に纏った屈強な壮年の男だった。

「まあよい。どのみちその心臓はもらい受ける」

「……っ、やっぱりお前がケルベロスか」

コードネームの由来はその変身能力……地獄の番犬は、三つ首になぞらえ他の人物に成り代わることができると。加えて《鼻》も利くとあっては、そりゃあ警察も手を焼くわけだ。これまで捕まらなかったのも頷ける。

「だが残念だったな。今日でお前の、切り裂きジャックの真似事は終わりだ」

俺はさっきの戦闘で回収していたマグナムを構え、敵の額に照準を合わせる。

「確かに貴様もやるようだな。あのメイタンテイの腰巾着だと思っていたが、その認識は改めねばならない」

ケルベロスは言うと、静かに目を瞑り胸の前で手のひらを合わせる。尊大な言葉遣いとがたいの良さに反して、まるで聖職者のような所作だった。しかし、そう思えたのも一瞬のことで。

「今宵は満月、血が啼くな」

刹那、ケルベロスの全身の筋肉が隆起し始めたかと思うと、やがてその身が深い毛に覆われていく。その姿は、まるで。

「狼男かよ……」

ケルベロスとごっちゃになってないか？　なんて軽口を挟める空気でもない。

「当たっても文句言うなよ」

俺は引き金を絞り、鉛玉をぶっ放す——が。

「当たってから言うといい」

ケルベロスは、まさしく獣のような俊敏な動きで銃弾を躱していく。

「くっ……！」

そしてすべての攻撃を避け切ったあとは、その巨躯をもって飛び掛かってくる。

目の前には鋭い爪、こっちに武器はない。

次の一瞬の惨劇を悟り、俺は目を瞑り——

『伏せて』

その電話口から漏れた声を聞き、ギリギリのところで俺は身を屈めた。

「——カ、ハッ！」

ついで聞こえてきたのは、銃声と野太いうめき声。目を開けると、そこには肩から赤黒い血を流した獣人が倒れていた。

「……結果的に窓を開けてて助かったわけか」

俺は、そういえば通話中にしたままだった携帯を耳に当てそいつに言う。

「けどお前、どうして今まで黙ってた？　まさか寝てたわけじゃないだろうな？」

　すると、

『間に合ったんだから、いいじゃない』

　電話口の声が、やがてすぐ真後ろからも聞こえてくる。

　俺は渾身の不満顔を作り、背後を振り返ると——そこには、やたら得意げな顔をした白髪の少女が大きな窓枠の上に立っていて、俺に向かってこう言ったのだった。

「淋しかった？」

◆紅蓮の悪魔、氷の女王

「さて、と」

　言うとシエスタはマスケット銃を構えたまま、倒れたケルベロスに飛び掛かり、馬乗りになって銃口をつきつけた。

「どこかで見た光景だな」

　三年前の、あの飛行機での一幕が脳裏をよぎる。あの時もシエスタは、コウモリの頭部に銃を突きつけ、見事にハイジャックを制圧してみせたのだった。

「……貴様、いつの間に近づいていた？」

組み伏せられたケルベロスが、苦悶の表情でうめく。

「この《鼻》で観測した限りでは、貴様の存在は感じられなかった……なのに、なぜ」

確かにそうだ、それがシエスタの作戦だったはず。俺を一人囮にして、自分はケルベロスの《鼻》が働かない場所に潜んでおく……だがシエスタは、奴に気づかれることなく戦場へ踏み入ってきた。

「まだ微妙に臭い、残ってるみたいだね」

するとシエスタが、すんと鼻を鳴らす。

「臭いが残ってる？」

「あれ、君は気づかなかった？　窓を開ける前。この部屋にはさっきまで、特殊なガスが充満してたと思うんだけど」

「ガス……？　あ、そういえば」

ケルベロスが、まだシャルの姿に成り代わっていた時、確かにこの部屋の臭いを気にする素振りを見せていた。まさか……だけど、いつの間に？

「あれだよ」

そう言ってシエスタが指をさした先にあるのは天井——いや。

「スプリンクラーか」

それこそが、シエスタの用意していたという策なのだろう。俺がジッポーを携帯しているのを見ていて、後の戦いの中でスプリンクラーが作動する事態になる可能性を予測し、水とは別にガスを仕込んでいた。そして鼻が利きすぎるケルベロスは、そのガスによって臭覚が麻痺し、シエスタが近づいてきていることに気づけなかった、と。

「……相変わらず準備良すぎだろ」

それはまるですべての展開をシエスタが最初から読み切っていたかのようだった。

「そういうわけで、私の勝ちだよ。観念しなさい」

シエスタが、改めて銃口をケルベロスに深く突きつける。俺は今のうちに風靡さんへ連絡を……そう思いスマートフォンを取り出した、その時。

「まだ捕まるわけにはいかない」

そう言うや否や、ケルベロスの身体が急速に縮んでいく。

「っ、変身能力！」

一瞬、子供のような小さな身体になったかと思うと、ケルベロスはシエスタの拘束から抜け出ていく。

「助手！　窓を閉めて！」

ああ、逃がすかよ……っ。

俺は急いで背後の窓へ向かい、ケルベロスの逃げ道を塞ごうとした……が、しかし。

「遅い」

その時にはもう奴は獣人の姿に戻っており、俺の頭上を軽々と飛び越えるところだった。

「我には使命がある。あと一つ。たった一つ、生きた心臓を手に入れるまでは」

そしてその身を、窓の外へ乗り出し——

「だったら、キミが置いていけばいい」

血しぶき。

そして、ケルベロスの首が。首だけが、窓の外へ落ちていく。やがて頭部を刈り取られた胴体が、ゆっくり仰向けに倒れてきた。

「……は？」

目の前の光景に理解が追い付かない。なぜケルベロスが死んでいる？

誰だ？　一体誰がこれをやった？

「助手！」

シエスタだ。焦ったような、今まで聞いたこともない緊迫した声。

「気をつけて」

そして彼女は、マスケット銃を窓辺に向けていた。だがそのマズルは、わずかに揺れているように見えた。

「こうして実際に顔を合わせるのは初めてだね、メイタンテイさん」

底冷えするような声。窓枠に腰掛けていたそいつは、ケルベロスを始末したであろうサーベルを振るい、付着した血液を飛ばす。

「お前は……」

黒髪のショートカットに紅い瞳の少女。臙脂色の軍服を身に纏い、腰回りに何本ものサーベルを差している。シエスタとは同い年ぐらいだろうか。軍帽と立襟で、顔はハッキリとは見えない。

しかし、あの完全無欠なはずの名探偵が警戒するこいつは、一体——

「ボクの名前はヘル。コードネーム——ヘル」

窓に腰かけた彼女は、血で汚れた剣を布で拭きながら淡々と告げる。

「コードネーム……じゃあ、こいつも？」

「《SPES》の最高幹部だよ」

すると隣に寄って来たシエスタが険しい顔で呟く。

「ヘル——北欧神話で、氷の国ニヴルヘイムを司った女王の名でもある」

「コードネームに規則性なんてないってか」

だが少なくとも、コウモリやケルベロスと格が違うということは明らかだ。

「さて、と」

しかしヘルは窓枠から降りたかと思うと、俺たちを見向きもせずにケルベロスの遺体に近づく。そしてその場にしゃがみ込むと――ケルベロスの左胸に、持っていた剣を勢いよく突き立てた。

「……ぅ」

その凄惨な光景に思わず吐き気がこみ上げる。しかしヘルはなんの感情もない顔で、自らの腕をケルベロスの左胸に突っ込み……やがて、その血だまりの中から何かを引き抜いた。

「これで最後のパーツが揃った」

ヘルの、血にまみれた右手の中。そこには小さな黒い鉱物のようなものが握られていた。

「さて、あとはこれを持ち帰って作戦を実行に……」

「移させると思う？」

シエスタが鋭い瞳でヘルを睨む。そう言って構えた長銃はもう少しも震えていなかった。

「へえ。だけど」

と、ヘルがシエスタに視線を返す。

「キミは撃てないよ」

「なにを言って……。……っ？」

ふと、なにかに気づいたようにシエスタが眉を上げる。

「そればかりか、キミはそこから一歩も動けず声を出すこともできない」

ヘルの血のように紅(あか)い瞳が妖しく光る。するとシエスタは目を見開き、まるで餌を求めて水面から顔を出す魚のように口をパクパクと動かすばかりで一言も声を発さない。

「まさか、《人造人間》の能力……」

ヘルもまた《SPES(スペース)》の一員であるならば、特殊な力を持っている可能性が高い。今のこの状況を見るに、人の行動を操る類いの能力か……？

だが、そんなことを冷静に考えている暇など本来あるはずがなかった。シエスタの動きが封じられたのだ。で、あれば次に敵が仕掛けてくる行動と言えば、ただ一つ——紅い軍服が俺に向かって疾駆する。

「さあ、一緒に地獄を見に行こうか」

その瞬間、俺の意識はこの世界から隔絶された。

◆それは一年後の未来へ向けた

「ここ、は……」

目を覚ますと、そこは見慣れぬ薄暗い空間だった。

「……っ」

腕には手錠、足には鎖。座らされている椅子の脚は、床のコンクリートに固定されているようだった。さらには鼻をツンとつくカビの臭い。呟いた声は反響する……ここは地下か？

「目が覚めたみたいだね」

ふっ、と闇の中から人影が現れる。

目深に被った軍帽、襟の立った紅い軍服。表情はほとんど窺えないが、間違いない。俺を攫ってここまで連れてきたこいつは――

「ヘル……っ！」

そうだ。俺はあのホテルでこいつに出遭い、そして。

「ここはどこだ。俺を……殺す気か？」

嫌でも喉が鳴る。わざわざシエスタから俺を引き離し、こんな場所まで連れてきた意味とは一体――

「キミ、ボクたちの仲間にならない？」

そのまったく予期していなかった答えに、俺の思考は一瞬固まる。

「お前、なにを言って……」

するとヘルはいつの間にか俺の背後を取ると、

「ああ、少し語弊があったね――キミには、ボクのパートナーになってほしいんだよ」

耳元を舐め回すような声。全身に鳥肌が立つ。

「……意味が分からん。俺をパートナーにすることに、なんのメリットがある？」

「自己評価が低いんだね」

「謙虚だと言ってくれ」

こんな時でも自然と戯言は漏れる。

いや、こんな時だからこそ、か。そうでもしていないと、正気を保てそうになかった。

それぐらいこいつには……ヘルには、身震いするほどの凄みがあった。

「違う、これは武者震いだ」

「ボクは何も言ってないけど」

「漏らしたと思うなら確認してもらっても構わない」

「なるほど、キミたちはいつもそうやって遊んでるんだ」

ヘルは薄く笑うと、ようやく俺の背後から離れていく。

「……お前も笑ったりするんだな」

「あはは、ひどいなあ。ボクをなんだと思ってるの？」

カツカツと靴音を鳴らしながら、ヘルが俺の椅子の周りを大きく歩き回る。

「感情を持たない悪魔？　言葉の通じない怪物？　決して分かり合えないヴィラン？」

ひどいなあ、とヘルは再び苦笑する。

「ただの女の子相手にさ」

そう言いながら俺の前を横切ったヘルは、どこから持ってきたのか分厚い本を開いていて、ページに目を落としていた。

「ただの女の子が、あんな風に仲間を殺せるとは思えないけどな」

俺は、あのホテルでケルベロスを手にかけたヘルの所業を思い出しながらそう唾棄する。

「仲間？　あはは、違うよ。アレは計画を完遂するためのパーツに過ぎない」

ヘルは可笑しそうにカラカラと笑う。能天気で、お気楽で、無邪気で――凶悪。それが、ヘルという少女を表す記号に思えた。

「そうやって俺のことも使い捨てるつもりか？　第一、俺を相棒に据えるメリットがない」

俺をパートナーにしたいだなんて、まさか本心だとは思えない。一体なにを企んでいるというのか。

「キミを相棒にすることでボクにどんなメリットがあるのか、か」

ヘルが手元の本を見ながら続ける。

「でも、メリットやデメリットの前に、《聖典》に書いてあることは絶対だからね」

「聖典？」

それは、ヘルが手に持っている本のことなのだろうか。

「ボクが持っているのはその一部だけどね。そしてこれには、キミの身にこれから起こるいくつかの未来が記されている」

「そんな、バカな――」

「――ことがあるはずないって？　でも、真実だよ。たとえばケルベロスがあの場で死んでキミがここにやって来る未来も、確かにこの《聖典》に記されていた」

そんなのは、ただの方便だろ。既に起こったことを、さも昔から予言されていたかのように語っているだけだ。

「まるで信じてない目をしているね」

「ああ、だが気にするな。俺は自分しか信用しないタイプなんだ」

「奇遇だね。ボクも同じだよ」

そうか、そりゃ仲良くなれるかもな。なりたくはないが。

「じゃあ、《アガスティアの葉》って言葉を聞いたことは？」

ヘルが本を開いたまま訊いてくる。

「アガスティアの葉……確か紀元前の時代、インドの聖者が書き残した予言の書……」

シエスタが普段よく俺に語って聞かせる雑学やら豆知識のなかに、そんな情報があったような気がする。遥か昔、インドの聖者アガスティアが、神から頂戴したお告げを、古代タミル語でヤシの葉に書き記していた、とかなんとか。そしてそれは未来に生きる人間、一人ひとりについて詳細に書かれたものである、と。

「この《聖典》はその《アガスティアの葉》をバックボーンに生まれたものでね。キミの未来もここに書き記されてるんだよ」

ヘルはやはり開いた本に目を落としたまま、広い部屋を歩き回る。

「たとえば今から約一か月後、キミはずっと憧れていた日常を取り戻し、普通の高校生活を送ることになる」

「あり得ない。あの名探偵がそう簡単に俺を解放してくれるはずがないだろ」

無論、あと一か月で《SPES》を完全に壊滅させ、晴れてハッピーエンドの後に日常へ帰るという筋書きなら歓迎だが。

「それから一年後、キミは助手というよりも今度は探偵の立場になって、様々な問題を解決へ導くようになっていく」

「それもあり得ない。俺はいつだってシエスタの助手でしかないんだよ」

だってあいつが探偵役なんて、そんな美味しいポジションを俺に譲るはずがないだろ？

「忘れ去られた心臓の記憶、時価三十億円の奇跡のサファイア、そして名探偵が残した遺産——もしキミが一年後もこれらのワードを覚えていたら、答え合わせになるんだけどね」

「だからさっきからなんの話をしている？　お前は、なにを言っているんだ？」

「《巻き込まれ体質》だったかな」

と、ヘルが本を閉じながら言う。俺が自分のその体質をヘルに語ったことはない。まさかそれも元々《アガスティアの葉》に記されていたというのだろうか。

「でもボクはキミのその体質、少し違うと思うんだよね」

「……何を言っている？」

「巻き込まれるんじゃない。キミが巻き込むんだよ」

世界を、とヘルがわざとらしく両手を大きく広げてみせる。

「キミのそれは、物事を変化させ、事件を引き起こす力——キミが、キミこそが世界の中心なんだよ」

だから、と。ヘルは続ける。

「キミにはボクのパートナーになってもらう。ボクと共に、世界を救うためにね」

俺を見つめる紅い瞳が妖しく光った。

「世界を壊す、の間違いだろ」

「ボクにとってはそれが救いになるんだよ」

「世界を壊すことで、お前が望む何かが手に入ると？」

「そう言ったかもね」

「断ると言ったら？」

「それもいい」

するとヘルは、くるりと翻りどこかへ歩いていく。

「そもそも、《聖典》によればキミがボクのものになるのはまだ先の話みたいだからね。ただ、早めに事が進んだ方がお父様の——」

と、そこまで言ってヘルは口を噤んだ。

お父様？　誰のことだ、それは？

「でも惜しいなあ。ボクのパートナーになってくれたら色々と特典があるのに」

しかしヘルは、さっきの発言をなかったことにするかのように、おどけた口調で続ける。

「まず何よりもキミは不労所得を手にすることができる」

「いきなり破格の条件きたな」

俺をこき使い続けているどこかの名探偵に聞かせてやりたい。

「日がな一日、大画面のテレビでゲームをしててもいいし」

「天使か」

「お菓子もアイスもカップ麺も好きな時間に自由に食べていい」

「神かな」

おい白髪の名探偵、聞いたか。なんかめちゃくちゃ俺を甘やかしてくれるヴィランが現れたぞ。寝返るまであと二秒だぞ。

「だから、どうかな」

そうして軍服の少女は、椅子に座った俺に向かって右手を差し出すと、

「キミ——ボクの相棒になってよ」

無邪気な微笑(ほほえ)みを湛(たた)えて、そんな魅力的な提案をしてきたのだった。

そしてそれに対する俺の返答は、

「ああ、もちろん——断る」

悪いな。俺は昔から小心者で、何かを決断する時にはメリットよりもデメリットの方を判断基準に置くんだよ。

「お前より、シエスタを敵に回した時の方が怖そうだからな」

俺はそんな、自分の置かれた皮肉な選択肢に口角を上げながら、ヘルの申し出を正面から断った。

「というか、お前だって俺がその手を取るだなんて思ってなかっただろ?」

「あはは、バレてた?」

ヘルはいたずらがバレた時の子供のように笑うと、くるっと身を翻しどこかへ歩いてい

く。そうして俺はヘルが後ろを向いているうちに、手錠を外す術を探る。

……まったく、こんなものを嵌めておいて、よくも堂々と手を差し伸べてきたもんだ。

俺が断ることなんか最初から織り込み済みだったというわけだ。

「じゃあ代わりと言ってはなんだけど、ちょっと見ていってほしいものがあるんだよね」

と、次の瞬間。辺り一面がほのかな光に包まれた。ヘルが電気のスイッチでも入れたのか、そう思い辺りを見渡す、と――

「なん、だ、こいつは……」

俺の視界に届く範囲。その暗がりに隠れて、なにかがいた。

鉄檻の中にいるそいつは、巨大な爬虫類のようにも見えるが……実際、こんな生き物を目にしたことはない。もし概念として近いものがあるとすれば、いつか映画かなにかで観た、エイリアンと呼ばれる化物が思い浮かぶ。

全長は目測で四メートル近く。頭部に目らしいものの存在は窺えず、大きな顎からは牙が生えている。口からは粘液のようなものが定期的に垂れ落ちており、最低限の生存反応は見受けられるが、その場でじっとしていて動く素振りは見られない。今は眠っているのだろうか？

「《生物兵器》だよ」

ヘルは淡々と告げる。

「この子が吐く息には、大気中の酸素と結びつきやすい毒素が含まれているんだ」

「……こいつでテロでも起こそうってのか？　このロンドンで」

「その通り。それが《聖典》に記された未来の歴史であり、神の救済なんだよ」

「どこの宗教だよ……」

くっ、《人造人間》だけじゃ飽き足らず、こんなものまで。こんな化物が街に放たれでもしたら……それに、そうだ。ここは一体どこだ。やつは、どこにこの怪物を解き放とうとしている？　ロンドンからは離れていないようだが……。

「ああ、そういえば、ここはどこだっていうキミの質問に答えていなかったね」

ヘルは鉄檻（てつおり）に手を差し出し、《生物兵器》の頭を慈しむように撫（な）でながら言った。

「英国国会議事堂、ウェストミンスター宮殿にある地下施設だよ」

◆今さらクールぶるのは無理がある

「……国の中枢直下にこんな場所を構えられるってことは、それなりの協力者がいると思っていいみたいだな」

この三年、シエスタと共に《SPES（スペース）》と戦い続けてきたものの……その侵攻を完全に止めることはできなかった。敵はもう、俺たちが想定している以上の部分にまで侵攻してきている。

「そうだね。キミの言う通り、ボクたちの仲間はこの世界中、至るところに散らばっている。政治家、財閥、警察官、宗教家……もしかしたらキミの隣の誰かだって、実は《SPES》の一員かもしれない」

「そりゃ地獄みたいなオチだな」

俺は吐き捨てるように言いながら……ヘルが《生物兵器》に構ってる間に、胸ポケットにいつも入れている針金を口に咥えた。そして手首に嵌められた錠の穴に突っ込み……あとは長年の経験と勘で、適当に回していく。だてに巻き込まれ体質を自称していない、誘拐、監禁は慣れっこだ。

「だが、なぜそのテロ計画を俺に話す？」

「そんな怪物を俺に見せてどうするつもりだ？　俺を最初の餌にでもするのか？」

俺は不自然に思われない程度に会話を続ける。

するとヘルは、

「餌、か」

ぴたりと背中越しに動きが止まる。

「……まあ、ものの喩えだ」

余計なことを言った……あんな気色の悪い怪物に喰われるのだけは勘弁だ……。

「いい線をいってるね。まあ、ハズレだけど」

……あぶねえ、命拾いした。

だが同時にヘルの言う「いい線」とやらが気になる。まさか——

「そいつを街に放って、人間を喰わせる気か？」

「ああ、違う違う。餌ならもう、十分与えたから」

「餌を与えた？　……っ！」

そういうことか。ここ最近、ロンドンを中心に発生していた、ケルベロスによる心臓狩り。その事件を起こしていた真意は——

「その化物は、人間の心臓を喰うのか」

それが餌、あるいは動力源。《生物兵器》は人の血肉によって作動する。

「へえ、本当にキミは勘がいい。やっぱり、ボクの相棒に相応しいよ」

「っ、だからそんなのはご免だ」

ようやく手の枷が外れ、俺は空いた両手で足の拘束も手早く解く。そうして俺は、風の音が聞こえる方角に向かって身を翻そうと——

「どこに行くつもり？」

一瞬でバレた。まあ、どうせ普通に逃げたところで捕まるだけか。

「いずれボクのパートナーになるキミには、是非この先を見届けてほしい。さあ《ベテルギウス》」

ヘルは《生物兵器》に向かって名前のようなものを呼びかけると、軍服の袖口から何かを取り出した。

「あの黒い鉱物みたいなのは……」

確か、ヘルがケルベロスの左胸から引き抜いていたものだ。人の心臓がエネルギー源だとすると、あれは恐らく《生物兵器》を動かす最後の鍵——

「ベテルギウス、仕事の時間だよ」

そしてヘルはその小さな石を《生物兵器》の左胸に押し込んだ。その刹那。

「——ッグル、——グ、——ッ、——ゴギャヤアア！」

咆哮（ほうこう）が地下道に轟（とどろ）く。それは《生物兵器》の目覚めの合図だった。

巨躯（きょく）の怪物は、今まで抑えこまれていたストッパーがはじけ飛んだように全身を鉄檻（てつおり）に強く打ちつけ、内なる興奮を爆発させる。そして、

「アアアアアアアアア！」

激しい激突音と共に、あっという間に鋼鉄の檻が内側から破られた。まるで自制が利かない怪物は、さらにそのまま目の前にいたヘルを頭から飲み込むように襲い掛かった。

「まったく、騒がしいなあ」

ヘルの紅い眼が怪物を射抜く。すると、次の瞬間。

「――ッ！　ギャアアアアア」

目にも止まらぬ速さでヘルが抜刀した幾本のサーベルが、ベテルギウスの全身に突き刺さっていた。

「少しは大人しくしてて、ね？」

するとベテルギウスは急にしおらしくなり、まるで巨大なペットのようにその場にうずくまった。

「こんな怪物を野に解き放とうってか？　……正気じゃない」

「それが運命で、ボクの使命だもん」

「だったら止めてやるよ、今ここで」

「へえ、その身一つで？」

ヘルが、ルージュの唇を歪ませた。

「いい笑顔だ」

「あれ、ボクは今口説かれてるのかな？」

「社交辞令だよ。悪いが、俺がお前のパートナーになることは絶対にない」

俺たちは最後にそんな軽口を交わし合い、決別を確信する。

「そう、残念。じゃあ今は、ただこの街が壊れていくのを眺めているといいよ」

そう言ってヘルはベテルギウスに飛び乗ると、その首に跨った。このまま地上に出て、まずは国の中枢を叩くつもりなのだろう。

だが、さっきも言ったはずだ。

「お前は、今ここで止める」

「だから、どうやって？　武器も持たないキミに、一体」

「そっちこそ、なにを勘違いしてる？　いつ、俺が、お前を止めると言った？」

そんな美味しい役どころを俺が持っていくことを、あいつが許すわけがないだろ？


「――助手！」

暗闇に差す一筋の光のように、温かな声がどこからか漏れてくる。

「助手……どこ！」

それは段々と近づいてきて、左の壁から大きく聞こえてきた。

「助手……っ！　助手はどこ！　助手！」

……ん、そこまで連呼しなくてもいいぞ。少し落ち着け、俺はここにいる。

「ねえ！　助手……助手がいない……どこ！　助手は！　助手……いない、助手……っ！」

あの……いや。そこまで、その、大丈夫か？

このあと対面するが気まずくならないか？

「……っ、ああ、もう壁、邪魔、いらない、壊す、全部壊す」

そして、次の瞬間。耳をつんざくほどの轟音と共に、

「助手！」

巨大なロボッ、ト、に、乗っ、た、シ、エ、ス、タが、派手に壁を破壊しながら入ってきた。一部が透明になった操縦席に座った彼女は、見たこともないほど焦った表情を浮かべていて、自慢の白銀の髪の毛も乱れきっていた。

しかし、大きく肩で息をしていたシエスタもやがて、その視界に無傷の俺の姿を捉え、互いにたっぷり十秒ほど見つめ合ったところで――

「ふう、まったく世話が焼ける助手だね」

「今さらクールぶるのは無理があるぞ？」

◆キミは天使、ボクは怪物

俺は、改めてシエスタが乗ってきた《人型戦闘兵器》に目を向ける。

装甲に覆われた白を基調としたフォルムの全長は、ヘルの操る《生物兵器》よりも少し

大きい五メートルほど。機体の頭部に近い一部分がガラス仕様になっており、中にシエスタが座っているのが見える。恐らくはそこが操縦席なのだろう。

まさしくロボットアニメに出てきそうな機体。太い腕と脚が特徴的だが、関節にあたる部分にはミサイルや銃弾の発射口も見られ、まさに戦闘兵器と呼ぶに相応しい代物だ。

……ただ、だからこそ思い浮かぶ疑問が一つ。

「シエスタお前、こんなものどうやって調達してきた……?」

俺が誘拐されてから、恐らくはまだ数時間程度しか経っていない。そのわずかな時間にどうやってこの機動兵器を用意してみせたというのか。そんな当たり前な俺の疑問に対して、シエスタは、

「……いや、なんか、道に落ちてて?」

不自然に目を逸らしながら答えた。

「嘘つけ！　こんなもんが道端に落ちてるわけあるか！」

「……本当だって。まさか君が誘拐されたことに気が動転して、勢い余ってイギリス政府に掛け合って、軍が秘密裏に開発を進めていた人型戦闘兵器《シリウス》を借りてきたりしたわけがないじゃない」

「思ってた以上に手が込んでいた……！」

全部自分で暴露してんじゃねえか。あまりに嘘が下手すぎる。

「シエスタお前、俺を助けるために必死すぎだろ」

「……っ！　……だから、違うんだって」

そう呟いた時のシエスタの表情は、残念ながら顔を背けられてよく見えなかった。

「まったく。ボクの未来のパートナーと、こうも情熱的なやり取りをされると妬けてしまうね」

そんな台詞を、しかし言葉とは裏腹な冷淡な声で告げる者がいた。

「ヘル」

機体の操縦席から、シエスタが青い瞳でヘルを睨みつける。対するヘルも、前傾姿勢を取るベテルギウスの首に跨り臨戦態勢を取る。

「これ以上、この街をあなたの好きにはさせない」

「本気で止められると思う？　ボクを——運命を」

それが開戦の合図だった。

「——ゴギャアアアアア！」

怪物が啼き、四本足でこちらに向かって走り出した。

「助手！」

ハッチを開け、操縦席から半身を乗り出したシエスタが、右腕を差し伸べる。俺はそれに掴まり引きずり上げてもらうと、機体の中に身体を滑り込ませる。

「……狭いな」

「一人用だからね」

俺とシエスタは、狭いコックピットでほとんど身体を密着させながら、怪物との戦闘に挑む。

「私が右サイドを担当するから、君は左を動かして」

「いきなり操縦を任せるな。普通自動車の免許も持ってないんだぞ」

「仕方ないでしょ、この状態じゃそっちまで手が届かないんだから。ほら、来たよ」

ヘルの跨ったベテルギウスが、早速向かって左側から飛び掛かってきた。

「……っ、分かったよ！」

迷っている暇もない。俺は直感でレバーを握り、機体の操作を試みる……が、

「うおおおっ？」

俺たちの乗るシリウスは、あっけなく機体のバランスを崩し倒れ込んだ。

「いてて……脚のレバーかよ、これ」

くそ、かっこよくロケットパンチを打つ予定だったのに。

だが、結果オーライ。対象を急に失った敵のベテルギウスもまた、勢い余って後方に転

げ落ちていったようだ。敵は目覚めたばかりの怪物。パワーはあるが制御はできていない、条件は同じはずだ。

「……冷静に分析をしてる暇があったら早くどいてくれるかな」

「ん？　……あ」

気づくと、倒れ込んだ俺の真下に、シエスタの不満げなジト目があった。どうやら偶然、良からぬ場所に俺の手が当たっていたようで、慌てて身を引く。と言っても狭い操縦席、離れるスペースもほとんどないのだが。

「仕方ない。やっぱり私が操縦する」

「でも、横に二人並んでたらレバーに手が届かないだろ」

「横に並んでたら、ね」

……そういうことか。まあ、それしかないか。

「──ゴギャアアアア！」

背後で《生物兵器》が啼いている。俺たちは急いで体勢を整え、レバーを操縦し、倒れた機体を元に戻した。

「この機に乗じて変なところを触ってきたら軽蔑するから」

「助手への信頼度ゼロかよ」

俺は座席のベルトを締めながらため息をつく。

「ジョークだって。じゃあ今度こそ行くよ——シリウス、発進」

そう言って、俺の膝の上に乗ったシエスタは操縦桿を強く握った。

「行くよ」

「うお……！」

勢いよくエンジンを吹かした機体が急発進する。目がける先には、四足歩行のグロテスクな怪物。推進力で一気にその間合いを詰める。

「真っ向勝負と行こうか」

目の前にはベテルギウスの首に乗ったヘル。激しい衝突音と共に、《人型兵器》と《生物兵器》はがっぷり四つで組み合う。

「まさか、こんな化物まで創り出してるとはね」

シエスタは操縦レバーを前に倒しながら、ガラス越しに見える怪物に跨ったヘルを睨みつける。

「キミこそ、余計な邪魔をしてくれるね」

対するヘルも、紅く冷たい瞳をシエスタに向ける。俺と喋っていた時のような弛緩した雰囲気はなく、ハッキリとした敵意が感じられた。

「それが、私の使命だから」

シエスタは言うと、なにかのボタンに指先を置いた。直後、シリウスの手首付近から銃弾が連射される。

「——っ」

それを見たヘルはベテルギウスの背中をサーベルで浅く刺し、痛みをもってその動きを操り、こちらの攻撃を躱してくる。まるで馬を鞭を用いて乗りこなすジョッキーのような動きだ。

しかし物理攻撃では分が悪いと見たのか、ヘルはベテルギウスを操り、俺たちを無視して地下道を四足歩行で走らせる。

「シエスタ、逃がすな！　やつの狙いはあくまでもこの街にあの化物を解き放つことだ！」

そうだ、ヘルにとっては必ずしも俺たちの相手をする必要はない。この地下道のすぐ上には英国国会議事堂がある。そこを叩かれては、被害の規模は計り知れない。

「分かってる。やることがないからって急に解説キャラを気取らないで」

「理不尽だ……」

シエスタは、ぐっと操縦桿を前に倒してヘルとベテルギウスを追いかける。

「まったく、しつこいね」

やがて追い付いてきた俺たちを見て、ヘルが腰に何本も差していたサーベルを引き抜きこちらに向かって投擲してくる。

「……っ」

シエスタも負けじと、シリウスに搭載されているマシンガンで迎撃を試みる——が、しかしパワーでは間違いなくこちらが上でも、機動力ではあの怪物が上回る。シリウスが放った銃弾はすべて躱され虚しく空を切る。

「ヘル……あなたは、なぜこんなテロを」

シエスタは勝機を探りつつ、トンネルのような地下道で敵との並走を続ける。

「なぜって？　それが運命だからだよ」

ベテルギウスに跨るヘルもまた、横を走る俺たちに一瞥をくれながら言う。

「そこにボクの意思はない。ボクはただ《聖典》に従うだけ」

「っ、さっきから、そればっかりかよ」

あまりの話の通じなさに、つい苛立ってしまう。

だが、それはシエスタも同じのようで、

「違う、私が訊いているのはあなた自身の意思。一体あなたは、なにを思ってこんなテロを引き起こそうとしているわけ？」

シリウスの右腕がベテルギウスに殴りかかる……が、やはり軽い身のこなしで躱されてしまう。

「ボクの意思？　だから、それこそがこの《聖典》に書かれた未来を実行することだよ。それだけがボクの存在意義、ボクはそのためだけに生まれた」

ヘルが、ベテルギウスの背中に剣を突き刺す。怪物は小さく呻くと、さらにスピードを加速させ、壁を伝って逃げていく。

「シエスタ！」

「大丈夫、逃がさない。しっかり掴まってて」

「ああ、頼んだぞ！」

「確かにしっかり掴まっててとは言ったけど、そんなに強く後ろから腰を抱きしめられるとは思わなかった」

他に掴まれそうな場所がなかったからな、仕方ない。

シリウスの脚部付近からエンジンの炎が音を立てて放出され、また一気にベテルギウスまでの距離を詰める。

「キミはさっき、ボクたちの邪魔をすることが使命だと、そう言ったね？」

ヘルが、追い付いてきた俺たちを尻目に掛けながら言う。

「じゃあキミはなぜ探偵をやっている？　なぜ人を守る？　それは、キミがそういう存在として生まれたからに過ぎない。同じだよ。ボクも同じだ。キミが世界を守るために生まれたように、ボクは世界を壊すために生まれた。そういう役割を負って生を享けた。支配欲？　破壊衝動？　そんなものはない。ただボクは、生まれ持った本能に従うまでだ」

次の瞬間、ベテルギウスが突然方向転換したかと思うと、俺たちの乗るシリウスの喉元に喰らいついてきた。装甲に牙が突き立てられ、不快な金属音が響く。

「……っ！　じゃあ私たちは本質的に同じだと？　そこに善悪の差すらないと？」

シエスタはシリウスを操作し、反対に、喰らいついてくるベテルギウスを何度も壁や地面に打ち付ける。《人型兵器》と《生物兵器》、互いが物理攻撃を重ね、揉みくちゃになりながら地下道の出口へ向かっていく。

「善悪の差？　構わないよ、別にあっても」

ヘルがシリウスの両脚の関節部分にサーベルを突き刺す。機体がぐらつき、その一瞬の隙をついてベテルギウスは、今度は上へ、上へと昇り始めた。地上への出口が近い証拠だ……そして、その先にあるのは国会議事堂。地下通路の段階で止めるのはもう厳しいか……。

「シエスタ！」

「エンジン、全開」

俺は後ろから手を伸ばし、シエスタと手を重ねて操縦桿を前に倒す。シリウスの背中部分から大きな機翼が生え、やがて轟くエンジン音と共に機体が浮かび上がった。

しかしその時にはもう地下施設の天井が開き、その先には黒い宙が広がっていた。

「キミが善でボクは悪。それで構わない」

ヘルはベテルギウスと共に、外の世界へと飛び出していく。

「待て……！」

俺たちもシリウスを飛行させ、その行方を追う。

月と、無数の星がきらめく夜空。ベテルギウスは国会議事堂に併設されている巨大な時計塔──ビッグ・ベンを駆け昇っていく。


「キミは天使、ボクは怪物。それでいい、本懐だよ」


やがてヘルが、ベテルギウスと共に時計台の頂上に立つ。

そして《生物兵器》の、口が開いた。そこから放出されるのは毒の息──生物を死に至らせる災厄だ。これによって《SPES（スペース）》によるテロは完成する。

だがまだ追い付ける。

あと少し、あと一歩。

この手さえ、届けば。

「助手」

シエスタが俺を呼んだ。そして振り返ることもなく、彼女は言う。

「今から、なにがあってもすぐにこの場を離れてね」

……なにを言っている？

だがその真意を聞き出そうとした時にはもう、俺は一人、機体のハッチから虚空へと投げ出されていた。

世界が反転する。自分が回っているのか、周りの景色が回っているのか。三半規管がぐちゃぐちゃにかき乱される。……だがやがて、大きく背中が引っ張られる感覚がしたかと思うと、気づけば俺はパラシュートで夜空に浮かんでいた。

「シエスタ、なんで……」

次の瞬間、俺の目に映ったのは。

夜空にそびえる時計台の頂上で怪物とロボットが組み合い――そして両者が地上へ落ちていく光景だった。

◆怒ってくれて、ありがとう

「シエスタッ！」

夜の街に大きな火柱が立っている。

それはシリウスとベテルギウスの落下地点であり、すなわちその操縦手もまた、そこに投げ出されているはずだ。遠くサイレンが鳴り響く中、俺は一足先にその爆心地へと到達した。

「シエスタ……おい、シエスタ！　……どこだ、どこだよ……シエスタッ！」

煙と熱風で、目を開けていられない。焦げるような悪臭に頭はくらくらし、全身が熱く、今すぐ膝が折れそうだった。そんな中を腕で顔を庇いながら、俺は歩き続け、そして——

「……バカか、君は」

こんな環境にあっても決して聞き間違えることのない、温かな声を耳が捉えた。

「人のこと言えないじゃない。そんなに何度も呼ばなくたって聞こえてるよ」

風が吹き、わずかに煙が晴れる。

そこには、自慢の白い肌を煤で汚し、痛々しく血を流したシエスタが立っていた。

「バカはお前だ」

俺は駆け寄り、思わずその小さな身体を抱きしめた。

「なんでこんな無茶をした……なんで、俺一人を逃がした」

シエスタは恐らく、最初から俺だけを脱出させる算段を立てていた。そもそもあの機体は一人乗りだ、脱出装置は一人分しかない。あの席に俺を座らせた時点で、こうするつもりだったのだろう。

「……いや、あくまで最終手段としてだよ。私だって、ここで死ぬつもりはなかった。でも、もし私たちのどちらかしか生き残れないとしたら、私は――」

「ふざっけんな！」

腹の底から生まれた怒声に、シエスタの青い瞳が大きく見開かれる。

ちょうどいい、ついでに耳の穴も広げてよーく聞いておけ。

「勝手に悟ったようなことを言ってんじゃねえぞ。いいか？　三年前、あの飛行機の中で、一万メートルの空の上で、お前が俺を誘ったんだ。だったら最後まで……最後の最後まで、俺の面倒を見やがれ。あのなあ、悪いが俺は、お前抜きで《SPES》から逃げ切れる自信はねえんだよ……お前がいないと俺は生きていけないんだよ！　分かったら、最後まで責任持って俺のことを守りやがれ！」

身体が熱い。

傍で火柱があがってるから？

それとも全力で叫んだから？

いや、俺を守るためにお前も死ぬなという、世界一ダサい怒り方をしたからだ。吐く息は荒く、全身からは汗が噴き出して止まらなかった。

「……今まで生きてきて、こんなに人に叱られたのは初めてだ」

シエスタが呆然と俺を見上げる。

「君は、そんな風に怒ったりもするんだね。なんていうか――」

「驚いた？」

「笑った」

「笑ったのかよ」

だから笑うなよ。

「ふふ」

言葉通り、シエスタが笑う。

「お前がいないと生きていけない、ね」

「おい、変なとこだけ切り取るな」

「これはまた熱烈なプロポーズを受けてしまったね」

「プロポーズなどしていない！」

「ま、十八歳になってからもう一度出直しておいで」

「だからっ！　はあ、もういいや……」

「ふふ」

いつもは無表情でクールぶっている癖に、こういう時だけ純真無垢に笑ってみせるのだ。

本当、この名探偵は……。

「誓うよ」

シエスタが、すっと視線を上げる。

「私は、君に黙って勝手に死ぬような真似はしない――絶対に」

怒ってくれて、ありがとう。

シエスタはそう言って、こつんと、俺の胸に額を預けた。

その時だった。

「――ッ！　痛――ッ！」

俺の左眼を何かが掠めた。視界が赤い……血が目に入ったのか。なんだ、何が飛んできた……っ！

「助手！」

シエスタが心配そうに目を見開く。やれ、お前にそんな顔は似合わないぞ。

「大丈夫だ、それより……」

俺は指を差してシエスタに前を向かせる。その先には、

「ハア……ハア、まだ、だ。ボクはまだ、死ねない……こんなところで……」

燃え盛る炎の向こう。黒煙を纏いながら、地獄が攻めてくる。

「ヘル……」

シエスタ以上にボロボロの身体を引きずりながら、たった一本の赤い剣を握って、ヘルは再び俺たちの前に現れた。

「まだ、生きてたんだね」

シエスタが、俺を庇うように一歩前に踏み出す。

「当たり前……だ、ボクは、ここで……死ぬ運命には、ない」

その手にはもう《聖典》は握られていない。あの爆発で焼けてしまったのだろう。それでもヘルは、かつて交わした約束を守ろうとするように、右手に見えない《聖典》を開く。

「最後に勝つのは、ボクだ。でないと、これをお父様に与えられた意味が……！」

その時ヘルが、初めて本当の感情らしきものを見せた。


「そうか、君は」


するとシエスタが、その青い瞳を驚いたように見張る。

「シエスタ？」

おい、お前は一体なにに気づいた？

「これで……終わら、せる」

しかし俺が疑問の余地を挟む前に、ヘルが軍刀を構える。

「キ、キミはそこから一歩も動けずボクの刃に貫かれる……！」

紅い眼をさらに血走らせ、立ち尽くしたシエスタに向かって突進する。

「シエスタ、逃げろ！」

俺は咄嗟に叫ぶ……が、しかしシエスタはまるでアスファルトに足が張り付いているかのようにびくとも動かない。

「ヘルの能力……っ！」

それはまるでマインドコントロール——あの《紅い眼》に見つめられると、なぜかヘルの言葉通りの行動を取らなければいけないような強迫観念に襲われる。そしてシエスタはすでにあの《眼》を見て、この場を動くことができなくなっている……！

「シエスタ！」

そうして無情にもヘルの握ったサーベルの切っ先がシエスタに迫り、そして。

「…………は？」

その声はヘルから漏れていた。

紅い瞳が彷徨うように揺れ、やがてその視線は自らの身体に向く。

ヘルは、自らの胸に紅い刃を突き立てていた。

「なん、で……」

次にその驚愕の瞳に映ったのは、シエスタの腰元のチェーンについた手鏡だった。

そうだ、ヘルは自らの紅い眼を見て言ったのだ——キミはボクの刃に貫かれると。

「チェック」

シエスタが告げると、ヘルは彼女の前に崩れ落ちた。

「——ッ」

ヘルの心臓の位置から、ぽとり、ぽとりと血が滴り落ちる。

その瞳は困惑に染まっていた。

「どうして、ボクが負けて……。こんな、はずじゃ……ボクには、使命が……使命があって戦って……。…………使命？　なんのために……なんのために、ボクは、生まれた？ボクは、どうして……」

「その答えは」

シエスタが、ヘルの胸に刺さった剣を抜いた。

短い慟哭が漏れ、血が勢いよく噴き出す。

「その答えは、地獄で見つけなさい」

そうしてシエスタが、うなだれたヘルの首に刃を振り下ろそうとした。

その時だった。

「――カメレオン……ッ！」

ヘルが天に向かって咆哮（ほうこう）した。

「っ、なにかの攻撃の合図か！」

俺は慌てて周囲を見渡す……が次の瞬間、俺の予想は外れていたことが明らかになる。

「……！　身体（からだ）が、消えて……」

俺でもシエスタでもない――ヘルの肉体が、消失し始めていた。

まるで透明なマントにでも隠されたような、そんな現象。闇に溶けるように、徐々にヘルの姿が見えなくなっていく。

「……っ、逃がさない！」

シエスタがマスケット銃を構え、ヘルがいた場所に向かって発砲する……が、しかしその時にはもう敵の影は見当たらなかった。

「シエスタ、あれもヘルの能力か？」

「いや、多分違う。仲間だよ」

シエスタは冷静に判断をくだし、銃口を下げる。

「カメレオン……《SPES（スペース）》のコードネームか」

恐らくその能力は、自分と、自分の触れた対象の姿を消すことができる、そんなところか。

こうなってはもう、ヘルを追うことはできない。

あと一歩のところで、最悪の敵は闇に帰ってしまったのだ。

「今回は、痛み分けってところか」

「うん。帰ってから、これからのことを話し合わないと」

ああ、ヘルはまだどこかで生きている。だが痛手を与えている今がチャンスとも言える。体勢を立て直して、なるべく早く追いかけるべきだろう。意見がまとまり、俺たちは元いたホテルに向けて歩き出そうと──

「──ッ」

足を踏み出した瞬間、シエスタが突然顔を歪めた。

「シエスタ？」

「……ごめん」

そう言ってシエスタは、膝から地面に崩れ落ちた。

◆その誤解だけは許さない

「あー」

餌を待つひな鳥のように開いた口に、俺は剥いたりんごを差し出す。

「……はむ。……ん……んぐ。……うーん。このりんご、蜜が少ない」

「食べさせてもらってる上に文句を言うな」

「しょうがないでしょ、怪我してるんだから」

「足をな！　手は空いてるだろ！」

事務所兼住居の、マンションの一室。

俺のツッコミに怯みもせず、ベッドに寝転んだシエスタはぐっと伸びをしてみせる。珍しくパーカーなんかを着て、やたらとラフな格好だ。しかし、こうもシエスタが非戦闘スタイルであるのには理由があった。

「私が怪我をしてるというのに、君が長々と説教をしたあの日の出来事を忘れた？」

「……あまりにお前が痛がらないものだから軽傷なのかと思ったんだよ。悪かった」

「まあ、私もハイになってて怪我したことを忘れてたんだけど」

「じゃあなぜ俺だけ責められた？」

数日前のあの死闘。シエスタはビッグ・ベンからの墜落の衝撃で、脚に全治二週間ほどの怪我を負ってしまっていた。

本来であれば逃げたヘルを一刻も早く追うべきだったが、当のシエスタがこれでは仕方ない。俺たちは改めてロンドンに拠点を置き、身体の完全な回復を待つことにしたのだった。

「君の方は大丈夫？」

「こうしてわがままな相棒の世話をかいがいしく焼けるぐらいには平気だ」

「そう、よかった」

「俺渾身の皮肉を無視するな」

「君の身になにかあったら私は生きていけないからね」

「……唐突なデレですべてをうやむやにしようとするのをやめろ」

しかもどうせ思ってないだろ、そんな殊勝なこと。

「いいからさっさと怪我を治せ。俺は家事は苦手なんだ」

三年近くシエスタと共に旅を続けてきて、こうして一つ屋根の下で長い時間を過ごすこともままあったが、家事はすべてシエスタに任せていた。申し訳ないとは思うが、しかしこれも適材適所である。普段こき使われている分、それぐらいは容赦願いたい。

「君の憧れの同棲生活だよ、少しぐらい楽しんでもいいんじゃない？」

「同棲とかいうな。戦略的同居だ」

「それに君はもう少し生活力を磨いた方がいいよ。私がいなくなったらどうするの？」

「……おい、それ禁止だぞ」

「……そうだった」

また怒られるね、とシエスタは苦笑する。

「でもせめて洗濯ぐらいは覚えてほしいところかな。清潔感のない男は嫌われるよ」

「そうしたいのは山々なんだがな……まあ、なんだ。色々と、な……」

「ん？　ああ、私の下着？」

おい、わざわざ濁したんだから言うな。

「被るなら私の見えないところでやってね」

「そんな考えは一瞬も頭をよぎっていない」

「あ、さすがに嗅がれるのだけはちょっと」

「だから助手に対する信頼度ゼロかよ」

ほんと、この三年近くは一体なんだったんだ。

「……はあ」

本当にこの連れは。俺は苦笑すら漏れず、ふらふらと立ち上がる。

「ん、出かけるの？」

「あ？　スーパーだけど」

「？　今朝必要なものは買いだめしてきたって言ってなかった？」

おいおいシエスタ、お前なあ。

「蜜が多いやつがいいんだろ？」

ったく、自分でさっき言ったことを忘れるんじゃねえよ。

するとなぜかきょとんとするシエスタ。

しかしそれも束の間、すぐにぷっと吹き出した。

「な、なんだ？　どうして笑う？」

シエスタがこういう笑い方をするのは、決まって俺をからかう時だ。だが、心当たりがないぞ……シエスタは一体、俺のなにを笑って……。

「……っ、君」

笑いをこらえるように、やがて絞り出すような声でシエスタは言う。

「君、私のこと好きすぎじゃない？」

……っ!?　…………!?!?!?!?!?

「は？　いや、意味分かんねーから。は？　いや、は？　は？？？？？」

なにを言ってるんだこいつは。あれか、怪我の影響か。頭も打ってたのか。でなければ、そんな頓珍漢な発言をするはずがない。だってそうだろ？　俺はただ、病人の看病をしているだけで、ただこいつが甘いりんごを食べたいと言うから買いに行こうとしただけで……いや、確かに甘やかしすぎというか、大事にしすぎ感は少し滲み出てしまったかもし

れないが、それイコールでシエスタを特別に思っているなどと誤解されては甚だ心外というか、そう、つまりは——

「うるせ、ばーか！」

なんだか小学生のようなリアクションを取ってしまったような気がするがまあいい。とりあえず頭を冷やすべく外に出よう。

ん、おかしいな。なぜかドアノブが滑ってうまく開けられない。

故障か？　故障だな。俺はドアを蹴り飛ばして部屋を出た。

「くっそ、二度と甘やかしたりしないからな」

……まあ、今回で最後だ。なにせ怪我人相手だからな。ああ、今回きりだ。うん、今回だけ。そう自分に言い聞かせ、スーパーに向かうべく外へ出た。

そうして買い物に出た俺は、ベイカー街と呼ばれる大通り近くの路地裏で——迷子の少女を拾った。

【Interlude 2】

「さて、じゃあここで一度映像を止めようかな」

　画面が切り替わり、再びシエスタが現れる。

「……いや、これもこれで十分見せつけられた感すごいんだけど？」

　すると夏凪が横からジト目で見てくる。知らんぞ、俺に責任はないからな？

「ずっとこの調子だったのよ、マームとキミヅカ。腹立たない？　主にキミヅカに」

「それは腹立つわね。多少いじめてもいいと思う、君塚なら」

「なぜその一点で意気投合するんだ、シャルと夏凪は。仲悪かっただろ、お前たち」

　確か初めて会った船の上では大喧嘩していたはずだったが。

「まさに雨降って地固まる、ですね」

　するとその様子を見た斎川が、謎ポジションでうんうんと頷く。まあ、二人の絆を繋ぐためなら、俺が多少あらぬ誹りを受けても仕方ないか。……仕方ないか？

　にしても。

「……ヘル、か」

　そうだ、こいつがあの三年間の旅の中で出遭った中でも最大の敵。だが映像にもあった通り、この時ヘルはカメレオンを呼び寄せその姿を闇に眩ませたのだった。

「まさかワタシの姿に成り代わってるやつがいたなんてね。虫唾が走るわ」

シャルが不服そうに顔をしかめる。ああ、俺もあの時はあやうくケルベロスの能力に騙されるところだった。

「しかしそうなると、この四人の中に狼さんが混じっている可能性もあるわけですか」

と、斎川が微妙に怖いことを言う。

「四人で人狼ゲームは厳しくないか？　盛り上がらんだろ」

だから俺はあえて軽口でその場を取り繕う。

「でもリアル狼がいるとすれば……一人しかいないでしょ」

言ったのは夏凪。そしてなぜか俺を半目で見てくる。

「そうね」

「ですね」

「シャルと斎川まで同意するな。そして不名誉な称号を人に与えるな」

——と、そんな風にふざけ合いながらも。さっきの映像の中で、俺にはどうしても気になることがあった。それは、俺がヘルに誘拐されていた時、やつが言っていた台詞のことだ。

『たとえば今から約一か月後、キミはずっと憧れていた日常を取り戻し、普通の高校生活を送ることになる』

『それから一年後、キミは助手というよりも今度は探偵の立場になって、様々な問題を解決へ導くようになっていく』

『忘れ去られた心臓の記憶、時価三十億円の奇跡のサファイア、そして名探偵が残した遺産――もしキミが一年後もこれらのワードを覚えていたら、答え合わせになるんだけどね』

一年前のあの時は、気にも留めなかった言葉。だって、未来が書かれた《聖典》なんて、そんな胡散臭いものを信じる方がどうかしてるだろ？　事実、俺はこの映像を見るまですっかりそのことを忘れていた。

だが今改めてこの台詞を聞くと――完全に、最近の俺の状況に当てはまっている。それは一年前、すでに予想されていた未来だったというのか？　だとするならば、もう一つ、ヘルが口にしていた――いつか、俺がヘルのパートナーになるという予言。あれも今後、実現する可能性がある？

いや、それはない。なぜなら、まだ映像には出てきていないものの、最終的にヘルは――

「さて、じゃあそろそろ次の映像に移ろうか」

シエスタが言い、また画面のシーンが切り替わる。

ロンドンの路地裏、俺が段ボールの中で寝ている少女を見つけるところだった。

「もう映像は止めないから。それじゃあ、見届けてね。私が――そして彼女たちが、どういう結末を迎えたのかを」

【第三章】

◆幼女を拾う。そしてクビになる。

人通りの見られない細い路地——打ち棄てられた段ボールの中で女の子が眠っていた。

子猫でも子犬でもなく、女の子。二つに結われた桃色の長髪を指先でかき分けると、すやすや寝息を立てる幼い寝顔が見えた。

「……どうすっかな、これ」

正直トラブルの匂いしかしない。そもそもこの人がまったくいない路地裏に足を踏み入れたのも、袋に入れていたりんごがこっちに転がってきてしまったからである。そんなベタな、と思われるかもしれないが、これが俺の持つ《巻き込まれ体質》の力である。

「まあ、どうせ逃げられないんだが」

経験上、一度関わってしまったトラブルは解決するまで去ってはくれない。ならば、可及的速やかに処理してしまうのが得策だろう。

それに昔からの厄介な体質のせいもあって海外を飛び回ることが多く、ある程度の国の言語は扱えるため、こういう時も躊躇わずに声を掛けることができる。

「おーい、生きてるか？」

俺は少女の頬を指先で突っついた。

むにむにと、餅のようなほっぺたに人差し指が吸い込まれる。

「……ん、……うーん」

羽織っていた新聞紙をがさごそ鳴らし、少女は身をよじる。俺はまた横から頬を指でつつく。がさごそ。つつく。がさごそ。つつく。そんなやり取りを繰り返していると——

「んー、だれ……？」

やがて、少女が目をこすりながらのそりと起き上がった。そして首を九十度回転、ばっちり目が合う。

意志の強そうな大きな瞳に長い睫毛。歳は十二、三歳ぐらいだろうか。今は可愛らしい少女といった感じだが、将来は美人になるだろうことを予感させる。

そうして少女をじーっと見つめていると、

「——そっか」

すると少女は急に、なにかを悟ったようにきゅっと目を瞑る。

「あたし、襲われるんだ」

なぜか猛烈に嫌な予感がするが、一応訊いてみることにした。

「誰に？」

「あんたによ！」

少女はキッと俺を睨む。その目には薄く涙が溜まっている。

「いくら身体を弄ぼうとも、あたしの心まで支配できると思ったら大間違いだから！」

早速あらぬ疑いをかけられた……理不尽だ。

「こんな路地裏にまで連れ込んで……最低！　ケダモノ！」

お前が勝手にひとりで寝てたんだろ。ったく、頭が痛い。

「あのなあ、悪いが俺はお子様には興味ないんだよ」

「っ！　だ、誰がお子様よ！」

「それだよ、それ」

少女は俺の胸ぐらを掴もうとするが、身長差がありすぎて、まるで威嚇になっていない。

「くっ、うりゃ！　うら！」

今度はぴょんぴょんと飛び跳ねながら、人差し指を俺の顔面目がけて突き刺そうとしてくる。目つぶしでもするつもりなのか。あまりにヤバすぎる幼女だ。

「幼女じゃない！　少女！」

「あー、分かった。分かったから、少し落ち着け」

俺は少女の両手首を掴み、宙ぶらりんに浮かせる。

「こういう時は、まずは自己紹介だ。俺の名前は君塚君彦……お前は？」

「あたしは……」

するとと少女は一瞬眉を顰めた後に、

「……アリシア？」

「なぜに疑問形。不思議の国から来たのか？」

「お腹空いた」

「脈絡がなさすぎる」

これじゃ白雪姫かと思いつつ、俺は買ったばかりのりんごを手渡す。するとアリシアは、しゃりしゃりと赤い果実を囓りながら、やがてキョロキョロと辺りを見渡し始めた。

「それで、ここどこよ」

「ここはどこって、お前が自分で寝床に決めてたんじゃないのか？」

「………」

再び嫌な予感がして……そしてそれは、ほんの数秒後にやはり的中する。

「……分かんない」

やっぱりか。ただの家なき子や迷子というわけではないらしい。

「記憶喪失」

俺が言うと、少女は初めて不安げに視線を彷徨わせた。

親の名前、出身地、誕生日、友達、昨日の晩に食べたもの。他にもいくつか質問したが、少女はそのどれにも首を振った。

「今年で十七ってことだけは覚えてるんだけど」

「絶対勘違いだから早く忘れろ」

「……どこ見て言ってる？」

「大丈夫だ、ちゃんと時期が来れば成長する」

というかこんな軽口を交わしている場合じゃない。さっさと問題解決へ乗り出すべきだ。

「それ食べ終わったら警察行くぞ」

よほど腹が減っていたのか、三個目のりんごにアリシアが手を伸ばした、その時。

「……おいおい、ついてなさすぎだろ」

さっきまで晴れ渡っていたはずの空から突然スコールが降り始めた。やれ、仕方ない。

「走るぞ」

「へ？」

俺はアリシアの手を引いて、シエスタも待つ家へ向かった。


「いいか、静かに頼むぞ」

ドアノブを回しながら、俺はアリシアに忠告をする。

「オオカミ以外に誰かいるの？」

「いつまでも人をケダモノ扱いすな。君塚（きみづか）だ、君塚君彦（きみひこ）」

身元不明の幼女を拾ってきたとあっては、シエスタに何を言われるか分からない。

とりあえずシャワーを浴びて、その間に濡れた服だけ乾かしてやろう。その後で警察に連れて行けばいいはずだ。俺は抜き足で廊下を進み、アリシアを風呂場へと案内する。

「いやあ、しかし濡れたな」

「そうね、ほんと嫌になる」

脱衣所で俺はシャツを脱ぎ、アリシアも着ていたワンピースを下から上にたくし上げようとしたところで――

「!?!? なんで一緒に入る流れなのよ！」

「ばっかお前、大声出すなって言ったろ」

「あまりに自然な流れすぎて騙されるところだった！」

「だからお前みたいな子供相手にしてないっつーの」

「なっ……！」

顔を茹で蛸のごとく真っ赤にするアリシア。

「助手、帰ってるの？」

と、シエスタの声が遠くリビングから聞こえる。やれ、この場は譲ってやるか。

「アリシア。上がったらとりあえず着替えはそこに入ってるの使え」

俺はそう言い残すと、タオルで頭を拭きながら一人リビングへ向かう。

「お帰り、雨降ってたんだ」

「ああ、いきなりやられた……って、なにしてんだ」

居間と繋がっているキッチンでは、シエスタが車いすに乗って何やらボウルで生地を捏ねていた。家事が得意なシエスタではあるが、料理をしているところはあまり見たことがない。エプロン姿が新鮮だった。

「アップルパイを作ろうかと思ってね。せっかく君が買ってきてくれるって言うから」

そう言うとシエスタは、ご機嫌そうに手を動かす。

「……あー」

完全に忘れていた。りんご、全部アリシアに食わせたな……。

「えーっと、な。シエスタ、その……」

「ふふ、まあ？　どうやら私は君にだいぶ気に入られてしまってるみたいだからね。懐かれた側の責任というか、そういう意味でこれぐらいのことはしてあげようかなと」

まずい、余計言い出しづらくなった。どうしてよりによってそんなちょっと嬉しそうな顔してるんだ。普段は俺のことノミぐらいにしか思ってないだろ……。

「でもちょうどいいタイミングで帰ってきてくれた。それで、りんごは？」

「あー、実は……」

「君塚ー」

ふと第三者の声が聞こえる。この家にいる他の人間と言えば、ただ一人しか考えられず。

「小さいタオルとかない？」

バスタオルを巻き付けたアリシアが、ひょこっとドアから顔を出した。

なるほど。なるほど、なるほど。

すべてを察してシエスタの様子を窺う(うかが)と、ぴたりと目が合った。それから永遠かと思われる長い沈黙が続いたのち、やがて俺はシエスタから予想通りの四文字を頂戴した。

「――――ロリコン」

さては今日で助手もクビだな？

◆修羅場から始まる新たな事件簿

「事情は分かった」

ベッドに腰掛けたシエスタは、口ではそう言いながらも明らかに俺を侮蔑する目を向けたまま紅茶を啜る(すす)。

「ダージリンか、良い香りだな」

「うん、アップルパイによく合うんだよ」

機嫌を取ろうとしたら墓穴を掘った。厄日だな。

「君は二度と私のエプロン姿を拝めないと思った方がいいよ」

「おいおい嘘だろ。それだけを楽しみに生きてきたのに、悲しいぜ」

「……今のは相当イラッときたね。どうやら人格者たる私も、まだまだ人間的に成長できる余地があるらしい」

「雇い主に精神的成長を促す、これも助手の仕事のひとつ……いや悪かった、さすがに調子に乗りすぎた、だからそのマスケット銃を仕舞ってくださいごめんなさい」

俺はベッドの下に跪き、いつか埋め合わせをすることを誓いながら突きつけられた銃口に頭を垂れる。

「意外ね。君塚、彼女いたんだ」

一方このトラブルを引き起こした張本人――アリシアは、テーブルでアップルパイ（アップル抜き）をもしゃもしゃ食べながらそんな適当な相づちを打つ。銃口を向けてくる彼女がいてたまるか。

「というか、素直に最初から私のところに連れてくれば良かったんだよ」

やがて武器を仕舞ったシエスタは、俺に顔を上げるようにジェスチャーをする。

「迷子で記憶喪失の女の子。それこそ探偵の出番じゃない？」

……確かに。言われてみればその通りだ。

「アリシアって言ったね」

シエスタはベッドに腰掛けたまま、テーブル側のアリシアに声をかける。

「本当に自分の本名も、なにも分からないの？」

「……うん。今年で十七歳ってことぐらいしか」

「なるほど、七歳」

「十七！」

ばんっとテーブルを叩いて立ち上がるアリシア。大人に見られたい年頃なのだろう。

「まあ実際のところ十二、三歳ってとこだろ。ふくらはぎの成長具合がそんな感じだ」

「助手、ここは君の特殊性癖を披露する場じゃないよ。普通の人間はふくらはぎの成長具合で他者の年齢を判別できない」

「っ、じゃあ君塚はさっき路地裏で、あたしの胸じゃなくてふくらはぎを見てたわけ⁉」

「いや、あの時はちゃんと胸を見て『あ、十七は嘘だな』って思った」

「な、なんだ、びっくりした。胸か～、良かった……って良くない！」

「助手、セクハラはシャル相手だけにしときなよ」

遠く異国で金髪美少女が盛大にツッコむ声が聞こえた。

……と、そんな話をしている場合ではなく。

「アリシア、君の身元は私たちが責任持って明かしてみせるよ」

本題に戻ったシエスタが、アリシアに言った。

「でもタダでとは言わない」

「おいシエスタ、子供から金取るのか？」

「関係ないよ。子供でも一人の人間だから」

それに、とシエスタは続ける。

「無償の善意ほど信用できないものはないと思うけど」

……それも、そうか。確かに、人と人との関係は99％の信頼と1％の打算で成り立つものだ。俺とシエスタも、きっとそうやって旅を続けてきた。

「じゃあ、あたしは何をしたらいいの？」

おそらくアリシアに金は払えない。衣食住だって事欠く有様だ。そんな依頼人に、名探偵はどんな対価を要求するのか。

「アリシアには私の仕事を代行してほしい。そうすれば衣食住も提供すると約束する」

「探偵の、仕事を？」

アリシアがかくんと首をかしげる。

「……シエスタ、そりゃいくらなんでもアリシアには荷が重すぎないか？」

「そうは言っても、ほら」

シエスタは自分の怪我(けが)した両足を指さす。なるほど、名探偵は休業中ということか。

「それなら俺が探偵役で、アリシアには助手をやってもらう方が……」

「いや、それはほら。あれだよ、なんというか、君はやっぱり助手顔をしているというか」

「理不尽だ」

「でも、いきなり探偵なんてあたし、自信ないかも……」

「探偵になれば、助手を我が物のようにこき使えるけど」

「ひゃっほう！　やる！　あたし、名探偵役やりたい！」

「ひどい取引を見た」

訂正。俺とシエスタの関係は信頼1％、打算99％で構成されていた。

「それで、具体的にあたしはどんな仕事をすれば……」

アリシアがシエスタに尋ねた、そのタイミングを見計らったように、

「ジャック・ザ・リッパーが、また生き返ったらしい」

第三者の声が割って入った。一瞬悪寒が走り、慌てて振り返ると——

「風靡(ふうび)さん？　なんで……もう日本に帰ったはずじゃ？」

顔なじみの女刑事、加瀬(かせ)風靡がソファーに座って煙草(たばこ)を吸っていた。

「ああ、まあ野暮用を思い出してな。というかお前ら、いつの間に子供こさえてたんだ」

風靡さんが俺とシエスタを見て、それからアリシアに目を向ける。

「目腐ってんのか」

「目が腐ってるね」

俺とシエスタが同時にツッコむ。どう見たら俺とシエスタがそういう関係に映るというのだ、まったく。……それに結局禁煙もしてないし。

「それで、なんの用事です？　切り裂きジャックが生き返ったとかなんとかって」

「ああ。また昨日、新たな心臓狩りの被害者が出た。前の事件と手口も似ている」

「そんな、バカな」

いや、あり得ないだろ。だって、切り裂きジャック——ケルベロスは、あの時ヘルによって殺されたはずだ。

「ヘル」

ベッドに腰かけたシエスタが、目を細める。

「そういう、ことか……」

ヘルが、ケルベロスに代わって心臓狩りを続けている。再びあの《生物兵器》を復活させることを狙って。

「心当たりはあるみたいだな。だったらちょうどいい。実はそいつを追い詰めるのに、役立つかもしれない情報がある」

そしてそこのお嬢ちゃんにも関係することだ、と風靡さんが続ける。アリシアに仕事を任せる話を聞いていたのだろうか。そして、その仕事になり得るような案件を持って来たと。

「これはまだ噂段階ではあるんだが。今ここロンドンに《SPES》打倒に繋がるブツがあるらしくてな」

ほう、そんな便利なアイテムが？　シエスタと目が合い、それから二人で無言で続きを促すと、風靡さんはその秘密道具の名前を語った。

「なんでも、人はそいつをサファイアの眼と呼ぶらしい」

◆探偵代行アリシアの日常

その翌日。

「それじゃあ行くわよ！」

ダウンタウンの大通りを、ビシッと指さし歩く少女が一人。

一方、気後れから微妙に猫背になりながら、俺はその新たな雇用主についていく。

「ほら、もっとびしっとする！」

「お前がびしっとしすぎなんだよ」

「へ？」

へ？じゃないわ。可愛（かわい）く首をかしげるな。

「その格好だよ」

アリシアは、有り体に言えばザ・名探偵のコスチュームに身を包んでいた。渋めのトレンチコートに鹿撃ち帽。そして口にはキセル……に見立てた細長い棒のついた飴（あめ）を咥（くわ）えている。

「形から入りすぎだろ」

「でもこれ、シエスタさんのお下がりだよ？」

シエスタ、お前もか。名探偵に歴史アリである。

「にしても、本当に探偵代行やるつもりなんだな」

「とーぜん！」

アリシアは腰に手を当てて、得意げな顔をする。

そう。結局、昨日の話し合いの結果——アリシアの衣食住を保証する代わりに、アリシアが怪我（けが）のシエスタに代わって探偵の仕事を担うことになった。

そしてまず当面は、風靡さんが持ってきた《サファイアの眼》探しである。詳細は何も分からないが、まずは実地調査ということで俺たち二人、足で稼ぐことになったのだった。

「というわけで、しゅっぱーつ！」

勢いよく宣誓したかと思うと、不意にアリシアの姿が視界から消えた。

「は？　……っておい、待て！」

気づけばアリシアは、なぜか全力疾走で舗道を駆け抜けていた。俺は慌てて追いかけ、百メートル以上走ったところでようやく追いついた。

「……はあ……はあ、なぜに全力疾走……」

しかし俺の苦労などどこ吹く風。アリシアは、

「走るのって楽しいね」

と、生まれて初めて波打ち際でも走り回ったかのようなテンションではしゃいでいる。その笑顔は夏の太陽のように眩しく大変結構なのだが……少しは付き合わされる身にもなってほしい。

「……あのな、お前は自分が何者かも分からない不思議の国の女の子なんだ。好奇心旺盛なのはいいが、少しは俺の言うことを聞いてくれ」

俺は苦笑すら漏らせず、ぽんとアリシアの頭に手を置く。

「それにあの赤髪の刑事も言ってたろ、今この辺りは治安が悪いって。とにかく一人でうろちょろ行動するのは禁止だ」

シエスタの推論によれば、恐らくヘルはまだこのロンドンにいて、ケルベロスに代わり

街の人々を闇討ちし続けている。特に俺やシエスタはまたいつ奴の標的になるか分からない……だから、そんな俺たちと行動を共にするアリシアには、慎重に動いてもらう必要があった。

「分かったわよ。分かったから子供扱いしないで」

子供代表みたいな台詞である。

「よし、良い子だ。じゃあ行くぞ」

「うん……ってだからなんで手繋ぐのよ！　また自然な動作に騙されるところだった！」

「ほらアリシア、横断歩道では手を上げるんだぞ」

「あんたの十三歳像どうなってんのよ！　いや十七だけど！　……多分」

そこはやはり記憶を失っているからか。最後の方は自信なげに小声で呟く。

「うーん、確かにそれぐらいの歳だったはずなんだけど」

信号を渡り終えるとアリシアはショーウィンドウに駆け寄り、そこに映った自分を見つめる。そしてマシュマロのようなほっぺたを引っ張っては、不思議そうに首をかしげていた。

「ほら、行くぞ。もし道草を食ってるのがバレたら俺はまたシエスタから尻を…………あ」

「……お尻が何？　しかも『また』って言った？　あんた達普段から何やってるわけ……」

そんな楽しい会話をしながら最初にやってきたのは、なぜか宝石店だった。

もちろん俺の提案ではない。サファイアといったらここしかないという新米名探偵ならではの意見である。実に単純。

そうして入店後すぐ駆け出すアリシア。光るモノに飛びつく様は猫のようだった。

「君塚(きみづか)！　あったわよ！」

興奮した様子でアリシアが大声で俺を呼ぶ。くすくす笑われてるからやめてほしい。

「……あー、なるほどな」

海のように青く光る宝玉は、想像よりも桁が二つほど違った。

「これで解決ね！」

アリシアはビシッとピースサインを決めると「現金一括で」とスタッフに声を掛けている。

「待て待て！　これを俺に買わせる気なのかお前は！」

「買わないの？」

「買えないの！」

「……君塚は貧乏なの？」

うるせえわ。憐(あわ)れみの目で俺を見るな。

「それに、これはただの宝石だ。俺たちが探してるのはもっと別の……多分こう、アンダーグラウンド的な何かだろ」

「アンダーグラウンド……分かった！」

するとアリシアが俺の手を引いて飛び出していく。

「絶対分かってない！　絶対分かってないから止まってくれ……」

再び全力疾走に付き合わされた後に訪れたのは、文字通りのアンダーグラウンド——路地裏に立つ古い雑居ビルの、その地下にある店。怪しげな気配を悟りつつも一応重い扉を開けてみると、店内のスチール棚には乾燥した植物や色とりどりのお香が並んでいた。店の奥では顔中ピアスで穴の開いた男の店員が、咥（くわ）えたパイプで煙をくゆらせている。

「ここで間違いないわね！」

「お前の頭が間違いだらけだ」

……というかどうしてそんな元気なんだ、お前は。自分の境遇を分かってるのか？

昨日、自分が記憶喪失と分かった時はさすがに動揺していたものの、今やすっかり名探偵気分で新しい自分になりきっている。まあ、落ち込んだままよりかは精神衛生上もいいかもしれないが……。

「ん、これ甘そう」

「ばっかお前戻って来られなくなるぞ！」

俺は慌てて手を引いて地上へ出る。さっきから手繋（つな）いでばっかりだな……。

「はあ、疲れる」

実地調査というか、これじゃおもりだ。しかし俺の気苦労などつゆ知らず、アリシアはずんずん前を歩く。

「楽しそうだな」

「うん、楽しい」

満面の笑み、これじゃ皮肉を言う方が馬鹿らしい。

「久しぶりに外に出られたから」

「そうか」

……ん、久しぶり？　どういうことだ？

「え？」

するとアリシアも自分の発言に違和感を覚えたのか、立ち止まって眉を顰める。

「あれ、なんで久しぶりなんて思ったんだろ」

「ずっとどこかの部屋にいたとか？　まさか、病院か？」

入院中になんらかの事情で病室を抜け出し、街を歩いてる途中で倒れて……とか。そうなると事情は少し変わってくる。やはり一度医者に連れて行くべきか？

「うーん、分かんない……なんか考えてると頭が……」

嘘をついているようには見えない。今は一旦、様子を見るか？

「無理に思い出そうとしなくていい」

この手のケースは時間が解決してくれる場合もある。それに怪我が治ればシエスタも色々と動いてくれるはずだ。

「あ」

すると頭痛は治ったのか、アリシアがまたどこかへ、とことこと駆け寄っていく。

「なに見てるんだ」

それは露店のようだった。石畳にござを敷き、手作りのアクセサリーなどを並べている。

「これ」

アリシアが指さす先にはサファイア……のように見えなくもない青い石をあしらった指輪があった。

「似てるが、少し違うかもな」

店の主人の前でまさか「偽物」とは言えない。俺はぼかしてそう伝える。

「そっか、違うか」

分かりやすく、しゅんと肩を落とすアリシア。相変わらず喜怒哀楽を全力で表現する少女だ。

「まあ、そんなすぐ見つかるもんでもないさ」

俺はそんなありふれた気休めの言葉をアリシアにかける。

だけど、それは恐らく事実だ——サファイアの眼は見つからない。いや、正確に言えば、別に見つからなくてもいいのだ。

ならば、どうしてそんな仕事をシエスタはアリシアにやらせているのか——それはひとえに、1%の打算関係を築くためだ。アリシアが変に気を遣うことなく、俺たちを頼れるように。サファイアの眼（まなこ）を探す代わりに、衣食住を提供してもらうという等価交換を成立させるため——そのために風靡（ふうび）さんのネタを利用したに過ぎないのだろう。シエスタも淡泊に見えて、他人思いの部分もあるやつなのだ。

「じゃあそろそろ家戻るか……って、あれ？」

と、例によって気づくとアリシアがいなくなっていた。

「サファイアなんかより、あいつを探す方が大変そうだぞ……」

店主にアイコンタクトで尋ねると、向かって俺の左側を指さした。

「……くそ、忘れてた」

一難去ってまた一難。忙しい日が続きそうだった。

◆未成年の飲酒、喫煙は法律で固く禁じられています

「それじゃ、シエスタの全快を祝して。乾杯」

賑（にぎ）やかなＢＧＭが流れるダイニングバーのテーブルにて。俺とシエスタ、そしてアリシ

アはグラスを合わせる。

時は流れ、あのヘルとの激闘から……またアリシアと出会ってから早二週間。シエスタの足のギプスも取れ、もう歩くことに関しても支障はなくなっていた。今日は、その全快祝いを名目とした打ち上げを昼間からずっと行っていたのだった。

「……まあ、もう何回乾杯したかも覚えてないけどな」

確か店自体は、昼から合わせてこれで四軒目。とっくに俺の胃の容量は終わりを迎えているが、この名探偵たちはまだまだ食べ足りないらしく、メニューをじっと見つめている。てっきり最後の一杯ぐらいのノリだと思っていたんだが。

「でも、君が好きそうなやつあるよ」

「そか、じゃあそれだけ頼んでくれ」

俺はメニューを見ずに、向かいに座ったシエスタにオーダーを任せる。

「ん、けどもう九時か……シエスタ、辛いのだけはやめとけよ」

「あ、本当だ。またお腹痛くなって寝られなくなるとこだった」

「辛いもの食ったら、決まって三時間後に腹下すもんな」

「君に言われるまで気づかなかったんだよね、おかしい」

「ほれ、どっちにしろ胃薬飲んどけ。まだ食うだろ」

「分かった。飲んどく」

こくんと頷き、ごくんと薬を飲み込むシエスタ。その間に俺は手を挙げてウェイターを呼び止めておく。

「いや、阿吽の呼吸すぎて怖い」

と、なぜかこのタイミングで対面に座ったアリシアが俺をジトッと見つめてきた。

「え、何さっきからその以心伝心感……君塚はシエスタさんに自分のこと任せ切ってるし、シエスタさんは君塚の言うことだけはめっちゃ素直に聞くし……」

なるほど、改めて傍から見ると俺とシエスタの今のやり取りは奇妙に映るらしい。しかしまあ、曲がりなりにも三年ずっと一緒にいるのだ。何か行動を取る時の判断基準は、自然と相手に委ねられる。だからつまりは——

「お互い、自分より相手のことを信じてるからなあ」

俺は無意識にそんなことを呟いていた。

「……それってつまり、バカップ……」

「すみません、追加オーダーお願いします」

アリシアが何かを呟こうとした瞬間、バチンと、シエスタの右手がその口を塞いだ。隣でもごもご苦しそうにするアリシアを無視して、シエスタはクールな顔で注文を続ける。さすがは名探偵、子供相手にも容赦はない……。

「はあ、苦しかった……死ぬかと思った……」

やがて注文が終わりシエスタの拘束が解け、アリシアは大きく肩で息をする。

「大人をバカにする君が悪い」

「大人げない大人に言われたくない！　……はあ、喉渇いた」

そうしてアリシアは手元にあったグラスを一気に飲み干すと、

「ねえ君塚、このシンデレラってなに？」

「ん？　あー、カクテルの名前だな。ノンアルだから子供でも飲めるぞ」

まだ飲み足りないのか、ドリンクメニューを開いて俺に訊いてくる。

「十七だから子供じゃないけどね」

「十七でもアルコールはダメだろ」

「じゃあそのシンデレラっての飲む！」

アリシアは「すみません！」と大きく手を挙げて再びウェイターを呼ぶ。……やれ、相変わらず感情ジェットコースターか。

——この二週間、俺は探偵代役のアリシアと共にロンドン中で様々な依頼に当たっていた。事件自体はどれも大したものじゃなかったが、なにせパートナーは感情のままに動き回るアリシアだ。シエスタと組んでいる時とはまた違った苦労だらけで……この二週間を振り返るならば、一の問題を解決するために百のトラブルを巻き起こす、そんな毎日だった。

「どうしたの？」

やがて俺の視線に気づいたのか、アリシアが首をかしげる。

「いや。とりあえず、お前の帰る場所が見つかってよかったと思ってな」

艱難辛苦だったこの二週間で得た収穫が一つ。アリシアは、俺とシエスタが暮らすマンションではなく、とある教会に身を寄せることになった。そこでは孤児などを引き取る慈善事業が行われており、身寄りのないアリシアも置いてもらえることになったのだった。

「まあ、対症療法に過ぎないけどね。アリシアの記憶や身元が分からない限り、問題の根本的な解決には至らない」

シエスタがロースト肉を切り分ける手を止めて言う。まだ完璧な仕事を果たしたわけではないことに自分でも納得がいっていないのだろう。だが、ずっと怪我で身動きが取れなかったんだ。教会への交渉を裏でやってくれていただけで十分だ。

「昨日教会に行ったけど、すごく楽しかったよ」

と、そんな事情を汲み取ってかアリシアがシエスタに目を向ける。

「あたし以外にも身寄りのない子供たちがいて、一緒に遊んで。なんか、学校みたいだった」

そう言うとアリシアは白い歯を零し、俺たちにピースサインを向ける。この顔を見せられてはシエスタも何も言えないのか、ふっと口元を緩めた。

「学校か……俺も久しく通ってないな」

最後の思い出は中二の時の、あの文化祭になるのか。思えばあの時もシエスタに随分振り回されたものだった。

「なんで私を見るかな」

するとシエスタが不満げに目を細める。

「クレープもたこ焼きも美味しかったでしょ？」

「腹が痛かったことしか覚えてないな」

「ああ、なんかトイレに籠ってたね」

「そういえばお前に覗かれたんだったな……」

「お化け屋敷で怖がったりもしてたね」

余計なことは思い出すな。あとは、なんだっけ、確か成り行きで結婚式のコスプレなんかも……いや、これもあまり積極的に思い出したい話ではないな。黒歴史、黒歴史。

「まあでも、あのリボンは似合ってたか」

俺は、赤いリボンをカチューシャのように頭につけていたシエスタを思い出す。

「やたら見惚れてたもんね」

「見惚れてねーよ。ちょっと見惚れてただけだ」

「助手、日本語」

シエスタが、すっと口元をナプキンで拭きながらツッコんでくる。

はて、何かおかしなことを言ったか？

「リボン、いいなあ」

と、アリシアが脚をぶらぶらと揺らす。どうやら不思議の国の少女も、おめかしをしたい年頃らしい。

「じゃあ今度あげるよ」

「ほんと!? やった！」

シエスタの言葉に、アリシアはわくわくが抑えきれないようにさらに脚をばたつかせると――

「あたしもそれつけて……！ ……本当の学校に、通ってみたいな」

やがて淋しげな笑みを浮かべながら、そう呟いた。

昔の記憶を失っているというアリシア。だが今の彼女の言い方からすると、まるで一度も学校に通ったことがないと、そう無意識のうちに自覚しているかのように聞こえた。

俺はそんなアリシアに対して気の利いたことを言うことはできず、一方シエスタは何かを考えるようにその青い瞳を細めていた。

「なんてね」

しかしそんな影が差したのも一瞬、アリシアは勢いよくグラスの中身を飲み干した。

「あたしは別にいいの。今は他に、やることがあるから」

「探偵の仕事か？」

「そ」

だから学校に行ってる暇なんてないの、とアリシアはうんうん頷く。

「にしては、サファイアの眼はまだ見つかってないみたいだけどね」

言ったのはシエスタ。その顔には、薄く好戦的な笑みが浮かんでいる。

そう、この二週間俺とアリシアは、ペットの捜索などごく簡単な依頼はこなしてきたのだが、肝心のサファイアの眼探しについては、まだ結果を出せていなかった。

だが恐らくシエスタは本気でその件をアリシアにどうにかさせようと思っているわけではなく、今のも一瞬暗くなりかけた場を和ませようとした発言であった——はずなのだが。

「……っ、わ、分かってるわよ。見つけてくればいいんでしょっ」

むぅ、と頬を膨らませて立ち上がるアリシア。お前は瞬間湯沸かし器か。

「おいおい、今から行く気か？」

「君塚はついて来なくていいから」

「もう外暗いぞ。お化けが出るぞ」

「……一旦帰って明日の朝早く出かけようかな」

その圧倒的変わり身の早さはむしろ可愛いな。

「……ごほん。とにかく、明日までにぜーったい見つけてみせるから！」

アリシアは俺とシエスタに向かってビシッと人差し指をさしてみせると、くるりと振り返り出て行ってしまった。

「結局、カクテル飲まないまま行ったな」

まあ、またいつでも機会はあるか。俺は自分のグラスに残っていたドリンクを飲み干し、人心地ついた。

「なかなか一筋縄ではいかない子だね」

するとシエスタが、いつの間に注文していたのか俺の元に新しいグラスを差し出す。

「大変だったでしょ、この二週間」

「だな。……まあ、お前がそれを言うかって感じもするが」

シエスタとアリシア、性格やスタンスは正反対だが、どちらも一緒にいて疲れるタイプであることは間違いない。

「……けど、これからどうする？　アリシアのこと」

アリシアがいないこのタイミングで、俺はあえてそんな曖昧な訊き方をする。だがシエスタならそれでも十分伝わるはずだ。

「私は乗りかかった舟を降りたことは一度もないよ」

「……そうか」

　シエスタの怪我が完治したということは、それはもう一度ヘルと戦う準備が整ったということを意味する。すなわち、必然的にアリシアとはここで別れることになる。

　だが今、シエスタは首を振った。巨悪を倒すことよりも、一人の困っている少女を助けることを選んだのだ。

「年齢も、どこから来たのかも、本当の名前すらも教えてあげられないまま手を引くなんてあり得ない——依頼人の願いは、何があっても叶えるよ」

　シエスタは微笑みと共にそう語る。

　慌ただしくも平和な日常は、どうやらもう少しだけ続くらしかった。

「もうしばらくロンドン暮らしは継続か」

「そうだね。また二人だけの同棲生活だ」

　シエスタはグラスに口をつけ、白い喉をごくりと鳴らす。その動作が艶めかしく映った。

「なに？」

「……いや、なんだか平和だなと思ってな」

　これまでの三年弱。俺とシエスタは《SPES》を追い、もしくは追われる生活の中で、波瀾万丈の毎日を送ってきた。水もないまま砂漠を歩き、ハリケーンの中で野ざらしで寝て、野原で用を足した数は両手の指では数えきれない。時に《人造人間》と戦いながら、時に人間の尊厳とも格闘する、目も眩むような三年間である。そんな毎日を、俺は——

「感傷に浸ってる」

シエスタが指先で俺の頬を刺した。その顔は、からかい甲斐がある獲物を見つけた表情だった。……まったく、相変わらず人の心を見透かしたようなことを言うやつだ。お前のそういうところが嫌いなんだよ、俺は。

「そんなんじゃねえよ」

俺は、シエスタが置いていたグラスの中身を一気に呷る——と、

「ぶっ！　……おい、これ酒じゃねえか！」

くそ、苦え……初めて酒飲んだぞ……。

「おい、俺たち未成年だぞ！」

「そんなものを携帯してる未成年がいる？」

シエスタが俺の腰のあたりを一瞥する。それを言われるとな。

「今日は私のお祝いでしょ。最後まで付き合ってもらうから」

そう言ってグラスを揺らすシエスタ。赤ワインを飲む姿がやけに様になっている。

「未成年が言う台詞じゃねえな」

「君は？　なに飲む？」

「いや、俺はもう……」

「埋め合わせ、してくれるんでしょ？」

シエスタが小さく口を動かした。

埋め合わせ。それはいつかのアップルパイの件だろうか。

「だったら言うこと、聞いてくれるよね？」

小さく首をかしげるシエスタ。

紅(あか)い頬。酔っているせいか、瞳がわずかに潤んでいる。

その姿は、なんだかいつもより幼く見えた。

「……あと一杯だけだからな」

だって、そんな顔をされたら断れないだろ？

◆いつか、この日を思い出す

「それでね、それでね？　その頃はまだ私も小さかったから、スイカの種を飲んじゃって、もし胃の中で芽が出たらどうしようって不安になってね？」

バーからの帰宅後。

もはや肌が白かった面影もないほど真っ赤な顔になったシエスタは、ベッドで女の子座りをしたまま、回復したばかりの身体(からだ)をぴょんぴょんと弾ませている。俺と同じくバスローブを着たシエスタは、そうやって跳ぶ度に彼女の女の子の部分も大きく揺らしていた。

いや、そうやって揺れて見えるのは単に俺の頭がふらついているからかもしれない。

……分からない。ちょっとよく分からない。なにせ俺も酔っている。

確かあの夜景の見えるレストランで「あと一杯だけ」と約束して、約束して……十回ぐらい約束した気がする。最後の方は指切りげんまんをして、腕を組みながらグラスを呷っていたような？　うーん、覚えてない……。

「助手？　私の話、聞いてる？」

「ああ、聞いてるとも。スイカは野菜なのか果物なのかって話だろ？」

「そうそう。八百屋で私はスイカを頼んだのに、酢イカが出てきたのには本当に驚いたよ」

回らない頭を必死に働かせながら、対面の椅子に座ってシエスタの話にうんうんと頷く。

さっきから絶妙に会話が噛み合っていない上に、非常につまらない話ばかり聞かされている気がしないでもないが、まさかあのシエスタが……完全無欠、冷静沈着、史上最強の名探偵が、そんな無益な話を垂れ流すわけもあるまい。

きっと高尚なお話をなさっておられるのだろうと、俺はシエスタの目をしっかり見て話を聞く。シエスタの瞳はとろんと溶けるように垂れていて、いつものクールなイメージはもはやない。

「ねえ、さっきからなんでそんなに離れてるの？」

シエスタは拗ねたように唇を突き出す。

そうされると、なんだか俺が悪いことをしている気になる。

「こっち、おいでよ」

「……ベッドにか？」

「うん。こっちで一緒にお話ししよう？」

それは……どうなんだ？

若い男女が一緒にベッドに入って、こう、なんか、色々と大丈夫なものなのか？

わずかに残ったまともな思考やら理性やらを働かせてみようとするが――

「ダメ？」

「いや、問題ない」

弾(はじ)き出された答えがそうなら仕方ない。俺は自分の思考実験の結果に従って、シエスタのいるベッドに身体(からだ)を滑り込ませる。

……滑り込ませる必要まであったか？　とは一瞬思ったが、一瞬のちには忘れていた。

「ふふ、こうして一緒に寝るのはさすがに初めてだね」

やがてシエスタも隣に潜り込んできた。

いつの間にか一つのベッド、一つの布団を共有する形になっている。

「すごく近くに君がいる」

シエスタが横を向いて俺を見つめてくる。

部屋の照明は暗くしてあるが、顔ははっきり認識できる。

「うん、やっぱり二日経てば忘れそうな顔だ」

「酔っ払ってもそれは変わらないのな」

「ふふ、君をいじめるのは楽しいからね」

「出たよ、嗜虐心の塊お嬢様」

「でも実は君も私にいじめられるのが好きだもんね」

「妙な設定をねつ造するな！」

「じゃあもう一生君のことをいじらない方がいい？」

「…………」

「君に話しかけない方がいい？」

「…………」

「やっぱり面白いなあ君は」

「……うっせ」

「いじけた顔は少し可愛い」

「褒め言葉になっていない！」

「まあ二日経ったら忘れるんだけど」

「結局そのいじりに戻るのか!?」

思わず俺はシエスタの方を振り向いた。

「でも」

しかし、そこにあったのは天井を見つめる彼女の横顔だった。

「君と過ごしたこの三年間のことは、絶対に忘れないよ」

その彼女の精悍な顔つきこそ、俺は一生忘れられそうにはなかった。

「ふふ、なんだか真面目な話をしてしまった気がする」

しかし、すぐにシエスタはまた酔いつぶれたあの表情に戻り、俺の方に身体を向ける。

「お前から真面目を取ったらなにが残るよ」

そして俺もまた、体勢を戻すタイミングを逸してしまい、シエスタと二人向き合う形になった。

「ひどいなあ、君は私をなんだと思ってるの」

理性の体現者？

理知的な名探偵とでも呼ぶべきか。

「じゃあ、たまには」

シエスタが、すっと俺との距離を詰めた。

もう数センチで鼻か、あるいは唇がくっつく距離。すでに身体はほとんど密着していて、シエスタの大きな胸の膨らみからは、彼女の跳ねるような心音が伝わってくる。

「——たまには、不真面目なこと、してみる？」

その言葉に全身が熱を帯びる。

そういえば、いつか彼女は三大欲求が云々という話をしていた。

「シエスタ、俺は……」

気づけば俺はシエスタの上に覆い被さっていた。

「……助手」

そして、きゅっと目を瞑るシエスタ。

意を決して俺は自分の顔を、唇を、彼女に近づけて、近づけて——

◆だいたい深夜テンションは翌朝思い出して死にたくなる

「ふう、死にたいな」

翌朝目が覚めて、一通り思考を巡らせた後に自然と出た一言だった。

まず頭が痛い。どう考えても昨日の酒が残っている。そして物理的にだけでなく精神的に俺の頭を痛ませているのが、今隣ですーすー寝息を立てて眠りこけている名探偵の存在だ。

噂(うわさ)では酒を浴びるほど飲むと翌朝には記憶を忘れるモノだと聞いていたのだが……残念ながら俺の大脳は、昨日の醜態を余すことなくはっきり覚えていた。

「う、ぐ、死にてぇ……」

初めてのアルコールに深夜テンションが重なった結果、死にたくなるほど恥ずかしいやり取りを交わしてしまった。昨日の俺は一体何を考えていたんだ……何を思ってシエスタがいるベッドに潜り込んだ……そしてその後は……。

「うぼろろろろ」

様々な感情と胃の内容物が逆流して吐き気がこみ上げてくる。俺は口を押さえつつ、ベッドを降りようとしたところで、

「…………」

ぱちりと目を覚ましたシエスタと目が合った。そしてしばらく見つめ合い、互いにぱちぱちと瞬(まばた)きをするだけの時間が延々と続く。

「……おはよう」

「…………」

ためしに挨拶をしてみるが返事はない。

代わりにシエスタは一度布団をかぶり、なにかを確認した後にもう一度顔を出した。その表情には色がない。いつも通りと言えばいつも通りなのだが……なぜだか、凄みのようなものが感じられる気がする。

「おはよう」

シエスタはようやくそう返すと、きっちり前を閉じたバスローブ姿のままベッドを降り、普段から使っているスーツケースの中から銀色の小さなアタッシュケースを取り出した。

後ろを向いていてよく見えないが、ケースの中からまた何かを取り出した？　かと思っていると、シエスタが俺の方を振り返り、

「助手、ちょっと腕を出してほしい」

「そのぶっとい注射針をしまってから言ってくれ！」

シエスタの右手には注射器が握られていて、その針の先からは液体が漏れ出ている。

「大丈夫、痛いのは一瞬だよ」

「断る！　確かに死にたいとは呟いたが、本気で死にたいわけではない！」

「殺したりはしないよ。ただこの注射液には、直近の記憶を消す効能があってね」

「ふざけるな！　それもお得意の《七つ道具》か⁉」

「これは違うよ。ほら、君も覚えてない？　いつだったか文化祭で、《トイレの花子さ

ん》を捕まえたでしょ。実はあの時のお薬と同じ成分がちょっとだけ含まれててね」

さ、最悪だ……しっかり効果保証されちゃってんじゃねえか……。

「大丈夫、何度か実験して健康には害も出ない改良版にしてあるから」

「ちょっと待て、被験体は俺か!? なんか最近忘れっぽいことがあると思ったら原因はそれか!?」

だとしたら冗談じゃない。俺はバスローブ姿のまま部屋を飛び出そうとする……が、

「逃がさない」

「ぐっ、は」

飛びついてきたシエスタが俺の背中から馬乗りになり、身動きを奪われる。

「さあ、腕を出して。昨日のことは……昨日の私は、全部忘れてもらう」

むきになったシエスタに敵うわけもなく、俺の右腕に注射針が迫って——

ピンポーン。その寸前で、来客を告げるチャイムが鳴った。

「……誰か来たみたいだぞ」

「………」

「出なくていいのか?」

「チッ」

「舌打ちをするな、舌打ちを」

キャラじゃないだろ、お前の。

仕方なし、といった具合に俺の上から退くと、シエスタは部屋のドアへと向かう。

「はい」

そして開いた扉の向こうに立っていたのは、

「やたら騒がしかったけど、なにしてたの？」

探偵代行、アリシアだった。

そして彼女は「まあいいけど」と腰に手を当てると、やがて俺たちに対してこう告げた。

「ミッションコンプリートよ」

得意げに俺たちを見回すアリシア。その手には、小さな袋が握られていた。

ミッションコンプリート——まさかあの後、本当にサファイアの眼を見つけたのか？

シエスタでさえ本気で発見できるとは思っていなかった代物を、あのアリシアが？

「これよ」

するとアリシアが俺に向けて袋を差し出す。そこに入っていたモノは——

「眼帯？」

なんの変哲もない、あまりに話の脈絡に合わない黒の眼帯。

だがアリシアは堂々と、

「本当に大切な眼は、そっちでしょ」

俺の左眼を指差して言った。

「ちゃんと眼帯しなきゃ、治らないわよ」

アリシアが背伸びをして、俺の左眼に眼帯を巻く。

「……気付かれてたか」

「そりゃ二週間も一緒に行動してたらね」

別にアリシアには隠していたつもりもないのだが——実は俺もヘルとの一戦で、左眼を負傷していたのだった。日常生活に大きな支障はないものの、さすがに視力は落ちており、そのせいで街中でアリシアを見失うこともしばしばあった。

「あるかどうかも分からない幻のレンズに頼るより、今確かにあるあんたのその眼を大切にすべきよ」

どうやら俺は、アリシアという人間を少し読み違えていたらしい。喜怒哀楽を素直に表現する少女、それはただの表層に過ぎないのだろう。彼女の本質は、きっと——

「これが、あたしの答えだけど」

ふと、アリシアがシエスタに視線を向けた。

「これで正解？」

そういう、ことなのか？　これは最初から、シエスタがアリシアに向けて出した課題だったのだと。存在し得ないモノを見つけ出せという無理難題に、アリシアがどんな答えを持って来るのか。そうしてしばしの沈黙の後、なよ竹のかぐや姫は満を持して解答を告げた。

「け、計算通りだね」

シエスタの目は信じられないほどに泳ぎまくっていた。

「いやだから嘘下手か」

探偵代行が、一瞬でも名探偵を上回った瞬間だった。

◆ここがすべての転換点

「トンチとかそういうのは得意じゃないんだよ」

珍しく苦い表情を浮かべたシエスタが隣を歩く。

あれから、俺は脚の治ったシエスタと共にスーパーに買い出しに出ていた。

「久しぶりにお前のあんな顔見たな」

完璧超人に見える名探偵にも意外と弱点は多いのだ。

「……うるさいな」

こうしていじける姿も珍しい。たまには力関係が逆転するのも悪くないだろ？

「そんなに気に入ったの？　年下の女の子からのプレゼントが」

俺が左眼につけた眼帯を見てシエスタがジト目をくれる。それに対して俺が適当な反論を続けようとしたところで、

「……いや、ごめん。違う」

シエスタが心なしか背中を丸める。どこか声にも自信がなさそうだ。

「本当は、君の眼をそんな風に気遣ってあげるに至らなかった、自分を恥じてるだけ」

「そうか」

俺はなにを言うか一瞬逡巡し、

「まあ、なんだ。お前もちゃんと人間なんだな」

そんな当たり前のことを言った。

「お前がちゃんと、些末な感情に振り回される人間で、よかった」

「……そっか」

シエスタは薄く笑って、二、三度静かに頷いた。

それからしばらく歩いたところで、ふいにシエスタが足を止めた。その視線の先には、地下に続くライブハウスの看板があった。近くの壁には出演者のポスターが貼ってあり——名前は明かされていなかったものの、日本からゲストが来る旨が記されてある。

「シエスタ？」

「……ううん」

シエスタは首を振って、再び歩き出した。

「今は、まだ」

「……？」

その言葉の意図を尋ねようとした、そんな時だった。

ポケットに入れていた携帯端末が振動する。画面を見ると、国際電話。何事かと通話ボタンを押すと、よく知った声が聞こえてきた。

『よお、くそがき。なんとか生きてるみたいだなあ』

中年のおっさんのごとき語り口調。見てくれだけは良いのに、こういうところが男を遠ざける原因なのだろう。なんてことを言おうものなら八つ裂きにされること請け合いである。

「風靡さん、そりゃこないだ会った時に言う台詞でしょう」

元はと言えば、あんたが持ってきた切り裂きジャックの事件をきっかけに、俺もシエスタも大怪我を負ったんだからな。この前いつの間にか部屋に入ってきた時には、一切その話題が出なかったが。

思い返すと多分に理不尽で、俺はもう二、三、文句を言ってやろうと思ったのだが――

『は？ いつアタシたちが会ったって？』

電話口から聞こえてきた声は、俺をからかうでもない純粋な困惑だった。

「いや、なに言ってんすか。二週間前ですよ。またいきなり俺たちのもとを訪ねてきて、サファイアの眼がどうこうって話したじゃないっすか」

『？ アタシがお前たちのところを訪ねたのは、切り裂きジャックの事件を相談しに行った一回だけだぞ？ お前、アタシと誰を勘違いしてたんだ？』

その瞬間、鳥肌が全身を駆け巡った。

『アタシは、あれからお前らがヤバい目に遭ったたっていうのを最近聞いて、今初めて電話してるんだが』

嘘だろ、おい。じゃあ、あれは？ 二週間前、俺たちが二度目に会ったあの風靡さんのように見えた人物は……いや、そうだ、よく考えればおかしかった。あの時現れた彼女は、以前俺に渡したはずのジッポーを持っていた。

『もしもし？ 君塚？ おーい』

電話の声が段々遠くなっていくように感じる。

嫌な予感が、確信となって身体中を這い回っていた。

「助手」

電話の内容はすでに把握しているのだろう。シエスタが、険しい顔で静かに頷いた。

俺たちがロンドンで二度目に会った風靡さんは、偽物だった。

そんな芸当ができる存在は、容姿を自在に変化させてみせる——ケルベロスをおいて他にはいない。

◆名探偵VS名探偵

本物の風靡さんと電話を交わした翌日のこと。

「でも、ケルベロスは確かに俺たちの前でヘルに殺されたよな？」

探偵事務所兼、住居と化したビルの一室。

俺はシエスタとカレーをつつきながら、今この街で起きている事態の整理を図っていた。

「にんじんが鉄のように固い」

「俺に料理をさせたのが間違いだったな」

「なんでそんな偉そうにできるの」

「いや、なんかいつもの包丁が見当たらなくてだな」

「……だから野菜がこんな手でちぎったみたいにゴロゴロしてるんだ」

まあまあ、今はそんなことを議論してる場合じゃないだろ。

「君の言う通り、ケルベロスは死んだ。それは間違いないと思うよ」

「じゃあ、あの偽物の風靡さんは？　変身能力と言えばやっぱりケルベロスが……」

「君はどっちの意見の支持者なわけ」

……そうは言うが、実際どっちをとっても矛盾が生じるだろ。

確かにケルベロスは、俺たちの目の前で死んだように見える。しかし、それではその後に現れた偽物風靡の正体に説明がつかない。

「だったら、それはどちらも正解で、あるいはどちらも不正解ってことだよ」

「禅問答か？」

「茶化さない」

シエスタが俺の口に、じゃがいもが乗ったスプーンを突っ込んだ。なるほど、こりゃ失敗作だな。

「たとえば、あの偽物の女刑事の正体がヘルだとしたら？」

「ヘルが？　でもあいつに変身能力なんて……」

「《人造人間》は」

と、シエスタが割って入る。

「《人造人間》は、あるものを核に生まれた存在でね。その核を引き継ぐことで、特殊能力も受け継ぐことができるんだよ」

「それって、ヘルがケルベロスの左胸から引き抜いてた黒い石みたいなやつのことか？」

「ご明察。ヘルはこっそりそれを回収してケルベロスの能力を奪っていると考えられる」

「じゃあケルベロス本人は既に死んでいて、その変身能力を引き継いだヘルが、風靡さんに成り代わって俺たちに接触してきていたと？」

もしそうであるならば、ケルベロスが死んでいることも、にもかかわらず心臓狩りが続いている現状にも一応の説明はつく。

しかし、そうであるならば一体なんのためにヘルは俺たちのもとを訪れた？

俺やシエスタ、そしてアリシアのいる場にあいつは堂々と姿を現した。それに、わざわざ自分が起こしている連続殺人事件の話をしたり、《サファイアの眼(まなこ)》の存在を伝えたり。挑発のつもりなのか……いや、普通に考えれば罠(わな)の可能性が高いのかもしれない。

「真相はまだ分からない……とはいえ、やるべきこと自体は変わらないよ。私たちがこの連続殺人事件を終わらせる」

ああ、確かに。今度こそヘルを倒す、それだけのことだ。

「ちなみに、今回の事件の被害者に共通点は？　ケルベロスの時みたく手当たり次第か？」

「だね、通り魔的に通行人を襲ってるみたい」

昨日の夜で四人目だった、とシエスタは付け加える。

「心臓を奪って回っている目的は、やはり《生物兵器》の復活か？」

「どうだろうね。あるいは自分用かも」

「自分用？　……ああ、そうか」

そうだ。ヘルの心臓は、最後のシエスタとの一騎打ちで自らの刃(やいば)に貫かれたのだ。

「だからヘルは、自分のための新しい心臓を探し回っているのかもしれない」

「そんな着せ替え人形みたいな真似ができるのか？」

「できるよ」

　事もなげにシエスタは言う。

「敵は《人造人間》なんだから」

……そうだったな。最初から俺たちは、化物を相手に戦っているんだった。

「にしても、たった一日でよくここまで調べ上げたな」

　昨日、風靡さんと電話を終えた後シエスタはひとり街に消え……今日の夕飯時になってようやく、これだけの情報を持って帰ってきたのだった。

「報道規制も敷かれてて難航したけどね。それに本当はあの二週間に動けていたら、もっと早く気づけたこともあった」

「気にすんな、怪我した時ぐらい休んでろ。でないと、たまにお前が……」

　そこで言葉が途切れた俺を、シエスタがちらと見やる。

「いや、いい」

　誤魔化すように、俺はまずいカレーを掻き込んだ。

　壊れてしまうんじゃないかと不安になる——そんな身勝手な心配は、こいつにとっちゃ迷惑なだけだろう。

「明日から、忙しくなりそうだな」

だからとりあえず、俺はそんな当たり障りのない台詞で場を繋いだ。

「そうだね。でもそうなると……」

珍しくシエスタが言い淀む。だがその続きは言わずとも分かった。

「アリシアのことか」

ひとまずアリシアの身元を預かってくれる場所は見つかったが、無論それはまだ完全な解決とは言えない。しかし、今から俺たちがヘルとの戦いに身を投じることになれば、またアリシアの問題は先送りになってしまう。それをシエスタは気にしているのだろう。

「あたしのことなら、別にいいから」

確かに本人がそう言うのなら優先順位はこのままでいいのかもしれないが……。

「……！　っ、アリシアお前いつの間に！」

気づくとアリシアが左隣で、じゃりじゃりと俺の作ったカレーを喰らっていた。

「カレーを食べてるとは思えない効果音ね」

と、ようやく俺は自分の左眼に眼帯がついていることを思い出した。意識していないと視界が狭まっていることを忘れてしまう。

「ちゃんと手洗ったのか」

「子供扱いしないで。指紋が溶けるまで洗ったわよ」

「指名手配犯かよ」

「とにかく」

と、アリシアは話を本題に戻す。

「あたしのことは気にしなくていいから。被害者が出てる方を優先するべきでしょ」

アリシアは意外にも冷静に（と言っては失礼か）、自分の問題よりも今この街で起きている事件を解決すべきだと主張する。

「アリシア、君はなにを考えてる？」

しかし、シエスタはどこか訝しげな目をアリシアに向ける。

「そんな物分かりのいいことだけを言いに、わざわざここに来たんじゃないでしょう？」

……なんとなく、部屋の温度が二度ほど下がった気がした。

するとアリシアもそれに負けじとテーブルに身を乗り出してシエスタに正面から向き合う。

「この事件、あたしにも手伝わせてほしい」

「言うと思ったよ。でも、絶対ダメ」

「どうして？」

「危険だから。死人だってもう四人も出てる」

「あたしだってあの二週間で、君塚と事件を解決したことあるもん」

「猫を探したり、財布を交番に届けたり？」

「じ、事件に大小は関係ないでしょ！」

「屁理屈だね」

「屁理屈も理屈！」

議論は平行線のまま——しかし両者顔だけはどんどん近づき、鼻と鼻がくっつきそうな距離にまでなっていた。シエスタは元の位置から一ミリも動いていないのだが。

「ちょっと落ち着け」

俺は小さなアリシアの肩を掴み、席に戻す。

「……あたしだって、探偵だもん」

シエスタに言い負かされ、アリシアは分かりやすく肩を落とす。

「アリシア、君はあくまで探偵代行だよ」

しかしシエスタは手を緩めることなく、淡々と事実だけを語っていく。

「私が怪我から復帰した今、君の出番はもうない」

「……おいシエスタ。ちょっと言いすぎじゃないのか？」

シエスタが言っていることは正論だ。だが、正論がいつでも最適解であるとは限らない。

「なに。君はその子の味方なの？」

「そうは言ってないだろ」

「ああ、やっぱりロリコンだったと。……あれ、ほんとだ。包丁がない」

「だから違う。そしてこのタイミングでそんな物騒なものを探しに行くな」

「じゃあ何？　三年間一緒だった私より、ほんの二週間探偵ごっこで遊んだその子を……」

そこまで言って、きっと言いすぎたと今度こそ気づいた。

「シエスタ、どうした？」

今日のシエスタはどこかおかしい。

……いや、今日だけではなく。もしかすると、最近ずっと。

たとえば、なにか焦っているような。かと思えば急に素直になったり、甘えるような言動をしてきたりもする。そういえば単独行動も増え、以前にも増して俺に黙って事を進めようとする傾向にあった。シエスタは、俺になにかを隠している？

「別に。なにもないよ」

キッチンに立つシエスタは、俺の方を向くことなく淡々と告げる。やはり彼女はなにも答えてくれない……だが、それが俺たちがこれまで築いてきた関係だ。黙って死ぬようなことだけはしない——あの時、そう約束してくれただけでも十分な進歩だろう。

「じゃあ、いいわよ」

すっ、とアリシアが立ち上がる。力強い瞳はシエスタの方を見つめていた。

「あたしは、あたしのやり方で動くから」

それはある意味シエスタとの決別であり、本当の意味で新たな探偵の誕生とも言えた。

「この事件は、絶対あたしが解決してみせる。そうすれば、あたしは——」

と、アリシアがきゅっと唇を噛んだ。

「アリシア？」

俺が尋ねると「別に」と首を振った。なぜどの探偵も助手の問いに答えてくれないんだ……。

「でも、そういうわけだから。明日から頼んだわよ、君塚」

と、急転直下なにかをよろしく頼まれた俺だったが、しかし雇用主に日々厳しく訓練を施されていた結果、

「ああ、分かった。了解了解」

とりあえず、そんな当たり障りのない返事を条件反射でしてしまった。

「やった！　そういうことだから、これからも君塚はあたしの助手ね！」

「…………へ？」

言ったのはシエスタ。思わず俺とアリシアの方を振り返る。

いや、俺も「へ？」とは心の中では思ったのだが、実際に声に漏れたのはシエスタだった。

「いや、助手は、私の……私の………」

しかしそれ以上の言葉は出てこず、小さくぱくぱくと口だけが動いていた。

と、そんなタイミングで。

「サイレン？」

風雲急を告げる警報音が窓の外を走っていく。

それは、五人目の被害者がヘルに心臓を奪われた音だった。

◆人はそれを、ジャック・ザ・デビルと呼ぶ

これまで、注目を集めることでかえって犯行をエスカレートさせかねないということで報道規制が敷かれていたこの猟奇的連続殺人事件も、被害者が五人目を数えたところで、現代に蘇（よみがえ）った切り裂きジャック——《ジャック・ザ・デビル》としてついに衆目に晒（さら）されるところとなった。

その理由としては、四人目までは深夜帯に殺害されていたものの、今回は比較的早い時間に事が起こっており、目撃者が多数いたこと。そして何よりその五人目の被害者が、この地区で有名な若い女性議員であったことが挙げられた。

カリスマ性のある美しい女性政治家が凄惨な殺され方をされたとあって、マスコミはこぞってこのセンセーショナルな事件を取り上げた。

「……その結果がこれか」

俺たちは今、その五人目の犠牲者が住んでいたという実家に来たのだが、大きな一軒家の軒先にはカメラを構えた記者たちが既に殺到していた。確かに俺も何かヒントが得られたらと思いここに足を運んだのは事実だが……これは明らかに限度を超えていた。

「こんな時なのに……」

被害者遺族の気持ちを推し量ろうともしないマスコミに、隣に立つアリシアも小さな拳を握りしめていた。

壊れんばかりにチャイムを押され、ドアを叩かれ……やがて耐えかねたように、扉が開いた。中から出てきたのは、一人のやつれた六十歳ぐらいの女性。記者たちは我先にと彼女を取り囲んだ。

「君塚、あれ……」

「ああ、多分母親だろう」

被害者の母と思われる女性は玄関先でカメラに取り囲まれ、身体を小さく縮こませる。

「……すみません。お話しできることは何も……」

それでもマスコミは追及をやめず、まるで彼女が加害者であるような構図にさえ見えた。

「君塚……」

アリシアが俺の袖口を小さく引っ張る。

「ああ、分かってる」

なんとかしてアレを追い払うことができないか、そう考えていた時だった。

――パンッ、と。乾いた銃声が遠く聞こえた。

それからは早かった。マスコミはより新鮮なネタを追って、また我先にと銃声が鳴った方へ駆け出して行く。数十秒後には、俺たちの他には誰もいなくなっていた。

「現金なやつらだな」

まるで撒かれた餌に飛びつく害獣だ。そんなバカな動物の習性を、こうも大胆に利用するとは、さすがうちの名探偵はひと味違った。

「よくやるよ――シエスタ」

「私のところに戻る気になった？」

いつの間にか隣に立っていたシエスタが、ジト目で訊いてくる。

そもそも俺の方はパートナーを解消したつもりはないんだけどな。

「……ありがと」

微妙に気まずくなっている関係を一旦棚に上げ、アリシアもシエスタに礼の言葉を呟いた。

「別に誰かのためにやったわけじゃないから」

「素直じゃないなあ」

あー、それ。だいたい俺がいつもシエスタに言われてるやつだ。まさかこんな構図で聞くことになるとは。

「あっ」

と、なにかに気づいたようなアリシアの短い声が漏れた。しかし振り返った時にはそこに姿はなく——代わりに彼女は玄関先にいて、あのマスコミに取り囲まれていた女性を抱きかかえていた。

「二人とも早く！」

アリシアが俺たちを呼ぶ。

急に緊張が解けて倒れかけたのか……俺とシエスタも肩を貸し、女性を家の中へ運んだ。

家のリビングにて。少し休んで体調が戻ったのか、女性は俺たちに向かって頭を下げた。

「ごめんなさい、迷惑をかけてしまって」

「あ、今お茶を……」

「いや、そんな」

そしてふらふらと、ソファーから立ち上がろうとする。

「大丈夫ですか？」

すっ、と横にいたアリシアが女性の身体を支え、再びソファーに座らせる。俺とシエスタは並んでその対面に座る形となった。

「ごめんなさい。突然のことで、私もまだ動揺していて……」

そう言って女性は、近くの棚に置かれた写真立てを見つめる。そこには彼女と、彼女の娘——すなわち今回の事件の犠牲者が、二人笑顔で並んで立っていた。

「夫が早くに事故で亡くなったこともあって、あの子には昔から苦労ばかりかけてね……。でも『いつか私がお金をいっぱい稼げるようになったら、お母さんに楽をさせてあげるから』って言ってくれていて……それから本当に立派になって、こんな家まで建ててくれて、あの子は私にとって勿体ないくらいの、自慢の……」

そこまで言って嗚咽が漏れた。アリシアが横で、そっとその背中をさする。

「事件の日」

そんな泣いている彼女に向かって、シエスタが訊いた。

「なにか娘さんに、変わった様子はありませんでしたか？」

淡々と、顔色ひとつ変えることなく。それが自分のやるべきことだと言わんばかりにシエスタは仕事をこなす。

「……シエスタ、お前」

そうか、勘違いしていた。あの時マスコミを遠ざけたのは、この女性を助けるためじゃなかった——自分が、誰にも邪魔されずに話を聞くためだったのか。

分かっていたはずだ。それがシエスタのやり方だと。一時の感情に左右されない、理知的な名探偵のあり方だと。

「あの日は……いえ。特に変わった様子もなく、家を出て……」

母親はハンカチで目頭を押さえ、苦しそうに答える。

「では、娘さんの遺体を見てなにか――」

「シエスタ」

それ以上は言わせなかった。シエスタが俺を一瞥し、それから口を噤んだ。

「あの子には、なにも与えてあげられなかった」

母親が、ぽつりと漏らす。

「貰ってばかりで、なにも返せない。それがこんなに辛いことなんて」

思いもしなかった。そう言って、滂沱の涙を流す。

それに対して、シエスタはもちろん……彼女を止めた俺もまた、なにも言葉を返すことができなかった。

「そんなこと、ない」

あまりに涙が混じったその声を、だから俺は母親のものだと思った。

しかしよく見れば、その声の主は彼女の隣に座る人物だった。

「貰ってばかり、あるいは与えるばかりなんて、そんな一方的な関係あるわけない」

アリシアは立ち上がって、ぽろぽろと涙を零しながら母親に訴える。

「あなたが娘さんからなにかを貰ってばかりだとするなら——それはきっと、あなたも今まで娘さんにたくさんのものを与えてきたから！　そうでしょう！」

人の思いは、必ず双方向に働くものだと。そうあるべきものなのだと。なんの証拠もなく、あるいはもしかすると説得力すらなく——それでもアリシアは、その身に滾った確かな熱情をもって言葉を紡いだ。

シエスタとは正反対の。きっと俺にも真似できないやり方で、アリシアは助けるべき相手に手を差し伸べてみせた。

「……ありがとう」

女性は立ち上がって、ふわりとアリシアを抱きしめた。

「なんだか、娘に言われているような気分だったわ」

◆きっと、これからも、末永く

「さっき」

自宅までの帰り道。しばらく無言が続いたのち、シエスタが重い口を開いた。

「どうして止めたの」

それは、俺がシエスタの質問を遮ったことを訊いているのだろう。助手であるはずの俺が、どうして仕事を邪魔するような真似をしたのか、その意図を。

「そもそもこの一連の事件は、一通り魔的犯行だったはずだ。だったら、被害者がいつもとなにか変わった行動を取っていたかどうかなんて質問は無意味なはずだ」

「それはこれまでの四件がそうだったという話で、五件目もそうであるとは限らない。例外を潰す意味でも、私はあの質問をする必要があった」

「じゃあ遺体の話は？　遺体を見てなにか気づいたことなんて、そんなのは……」

「同じだよ。心臓が抜かれていること以外に、それこそ身内しか気づかない特筆すべき点があったかもしれない。君はそれを確かめるチャンスを棒に振ったんだよ」

シエスタの苛立った瞳が俺を刺す。

あくまでも彼女は理論的で、客観的で、正しいことを言っている。だがそれは正しいだけだ。正しさだけでは、救えないものもある。

……いや、はっきりと俺がそう思っているわけではない。事実、シエスタの正義に俺自身も何度も救われてきた。

だけど、それがすべてではないと。正しさよりも優先するものがあるのだと――そういう考え方をする人間がいるということを、俺は知ってしまったのだ。

だからきっと俺は、迷っていた。迷って、しまっていた。

「私はヘルを倒すためだったら手段を問わない。どんなやり方を使ってでも、必ず彼女を追い詰めてみせる。そう思ってる」

でも、と。

「君は違うんだね」

一転、シエスタは淋しそうな声で俺に言った。

「シエスタ、俺は……」

「君のことだけは、信じてたんだけどね」

伏せられた瞼と長い睫毛。その下に宿るブルーの瞳がわずかに揺れている。

どこか諦めたような、悲しげな表情。

違うんだと、そう言いたくて……でも言葉は出てこなかった。

「今日は帰るよ」

シエスタはそう残して、ぽつぽつと前を歩き出す。

「シエスタ……」

「じゃあね」

伸ばした手は空を切り、シエスタは一人マンションへ帰って行った。

「……………………いや俺も帰る場所同じなんだけどな」

気まずい夜を過ごすことになりそうだなと、俺はひとり夕暮れの下で嘆息する。

「それと、隠れてないで出てこいよ。アリシア」

ビルの隙間からそっと顔を出した、まだまだ尾行は下手くそな名探偵に俺は声をかけた。

「あー、バレた？」

おかしい……と本気で首をかしげるアリシアと、俺は二人並んで歩を進める。

「まあ、なんだ。あんなの、よくあることだからな」

おそらくさっきの俺とシエスタの衝突を見ていたであろうアリシアに、気にしなくていいということを一応伝えておくことにする。

「そりゃ三年も一緒に旅してたらな、喧嘩(けんか)の一つや二つぐらいして当然だし、むしろしない方がおかしいというか。そもそも俺とあいつは性格も生活スタイルも全然違うし、逆によく三年も持ってるなってレベルだろ。昼寝ばっかりしてるし、そのくせ俺には寝起きが悪いだなんだって小言吐いてくるし。だからそれぐらいの諍(いさか)いは日常茶飯事で……まあ確かに今回みたいなガチっぽい対立は初めてに近かったかもしれないが、けど、なんだ？　ほら、雨降って地固まるとも言うし、これを機に色々と相互理解も深まるかもしれないというか。いや、別に俺があいつとこう、色々ともっと分かり合いたいとかそういうことを思ってるわけじゃないが、えーっと、だからな……」

「うわ、めっちゃ気にしてる……」

アリシアがどん引きの表情で俺を見つめていた。

「如実に顔に不安が表れてるんだけど。隠した本音がダダ漏れなんだけど」

「……この話はやめるか」

アリシアにこんな顔をされては世話がない。一旦さっきのことは記憶から消しておくことにする。

「あ、そういえば」

代わりに思い出したことがあり、俺はズボンのポケットをまさぐる。

「うわ」

「変な想像はやめろ。ほれ」

俺は取り出したブツをアリシアに手渡した。

「え、これ――あの時の？」

アリシアは俺が渡した指輪を手のひらに載せ、まじまじと見つめる。

それはいつだったか、二人で《サファイアの眼(まなこ)》探しをしている時に道端の露店で見つけた、青い石がはめ込まれたリングだった。

「まあ、なんだ。これの礼ってわけでもないけどな」

俺は左眼(ひだりめ)の眼帯を指さす。

とは言え、所詮はおもちゃみたいなものだ。だから、そう大したリアクションを期待し

ていたわけではなかったのだが、

「――嬉しい」

アリシアは目を瞑り、胸の前でその指輪を握りしめた。

「……アリシア？」

小さな身体は、わずかに震えているようにも見えた。

「誰かからプレゼントを貰ったの、初めてだったから」

「アリシア、お前。まさか記憶が？」

しかしアリシアは首を横に振る。

「でも、そんな気がする。きっと私は……記憶を失う前の私は、悪い子だったんだね」

そう言ってアリシアは苦笑を漏らす。

環境ではなく、自分が悪かったのだと。今まで生きてきて一度も贈り物をされたことがない理由を、アリシアは自分に求めた。

そんな自嘲を聞いて思わずアリシアの頭に手が伸びかけて……寸前で思いとどまった。

俺には、その資格がない。だからせめて、いつもの軽口で誤魔化す。

「まるで今の自分は悪い子じゃないみたいな言い方だな」

「っ、はあ⁉ めっちゃ良い子でしょ！ 元気で可愛くて素直で誰にでも愛される！」

「ウケる」

「ウケるな！」

ぽかぽか殴りかかるアリシアの両手を、防ぐまでもなく胸で受け止める。

自称十七歳。見た目は十三歳。精神年齢は七歳。

そんな不思議な名探偵を、俺はある思いを持って見つめていた。

「……ねえ」

ふとダメージのない攻撃が終わったかと思うと、小さく細い声が胸元から漏れた。

「指輪、はめてよ」

その主は俺を見上げるようにして、どこか甘えた声で言う。

「俺が？」

「君塚が」

「お前に？」

「あたしに」

……そのパターンは想定してなかったな。どうしたものかと俺が頭をがしがしやっている間にも、アリシアは俺の空いた手に指輪を託し、正面に立って手の甲を差し出す。

「なぜに左手」

「はめる指間違えたら怒るから」

嘘だろ、なんでちょっとプロポーズみたいになってんだよ。

「……あくまでフリだからな。フリ」

仕方なく俺は跪き、アリシアの細い左手を取る。

「誓いの言葉を」

「なんでお前が牧師もやるんだ」

「ふふっ」

普通に可愛く笑うんじゃねえよ、まったく。

俺は二、三度咳払いをして、誓いの言葉とやらを口にする。

「まあ、なんだ？　これからも、それなりに末永く？　よろしく頼む、ということで一つ」

俺は一体なにをさせられているのか。考えたら負けだな、これは。

「なーんか、しまらないなあ」

「うっせ、贅沢言うな」

そうして俺がアリシアの薬指に指輪を通した、ちょうどその時だった。


「さっきは言いすぎた」

とても、とても聞き覚えのある声が聞こえた気がした。その方向を振り返ると、やはりとても見覚えのある少女がいて――視線を地面に落としたまま何やら早口で喋り出した。

「まあ、もちろん今でも私は自分の考えが間違っているとは思わないし、そう簡単に曲げていいはずがないとも考えてる。でも、私には私の正義があるように、君にもまた君なりの意見があるのは当然のことで……パートナーとして一緒に仕事をするからには、その、お互いの理念の擦り合わせも時には必要で……だからつまりは、私が一方的に考えを押しつけようとしたのは良くなかったというか。期待外れみたいな物言いをしてしまったのは、少し、こう失言だったというか。いや、とは言え君にも反省すべき点はやっぱりあって……あ、いや、話を蒸し返そうというつもりはないんだけれど……」

と、そんな誰かと似たような醜態をさらし続ける少女は、やがて意を決したように前を向いた。その視界に映ったものがなにか、今さら言うまでもあるまい。

やがて、永遠に続くかと思われた沈黙を乗り越えて、彼女はにっこりと笑ってこう言った。

「お幸せに」

人を殺せる笑顔もあるのだなと思った。

「君塚(きみづか)、今までありがとね」

「あー、やっぱ死ぬよな俺」

◆私には、君が、分からない

「おーい、シエスタ。聞こえてるか？」

「…………」

夜更け前、暗い部屋。

ベッドに入っているシエスタに向かって、俺はソファに寝転びながら尋ねる。眠ってはいないはずだ、さっきからシーツが擦れる音が絶えずしている。

「俺の声が聞こえないのか？　それともなんだ、自分でも気づいてないうちに俺は死んでたってオチか？」

「…………」

……この調子だ。

ちなみに今は、あの衝突から三日が経っている。……が、シエスタの機嫌は相変わらず直らないらしい。この三日間は完全に別行動が続いており、まったく会話も交わしていない。シエスタは単独で、俺はアリシアと共にヘル——《ジャック・ザ・デビル》を追っていた。どうやらいまだに俺がアリシアの助手をやっていることも気に食わないらしい。

「子供かよ」

つい俺も苛立って愚痴を漏らしてしまう。

「子供が好きな君にそんな罵倒を受けるのは心外だね」

……やれ、やっとか。どうやら俺は幽霊ではなかったらしい。

「三日間、不当に無視され続けた助手の方がはるかに可哀想だと思うが？」

「いや、いるって気づかなかったんだよ。てっきり君は十三歳の女の子と結婚できる国に引っ越したとばかり思っていたから」

「そんなひとネタのために三日も沈黙を貫くな。マジで切れてんのかと思っただろ」

「いや、マジで切れてたけど」

マジで切れるなや。そして唐突なキャラ変をするな。

「ふふ、よくよく思い返してみたら面白い気がしてきた。なんであんな道端でプロポーズしてたの？」

「人のプロポーズを面白がるな。いやプロポーズでもないけど」

あくまでお遊びだったってことは何度も言っただろ。

俺は、アリシアと交わした会話、その経緯を改めて説明する。

「あいつは、誰からも贈り物をされたことがなかったんだよ」

それで妙にはしゃいでいただけ。だからあれは、ただの遊びで……。……いや、あいつにとっては、どうだったのだろう。この三日間、ことある毎に左手を上に掲げて嬉しそうにしているアリシアの顔が、消えては浮かんでいた。

「なあシエスタ、アリシアのことは、まだなにも分かってないんだよな？」

確かに今は、俺たちはヘルのことで手一杯だ。それでもシエスタなら、ひょっとしたらなにか掴んでいるのではないかと尋ねてみる。

「さあ、私にはさっぱりだよ」

名探偵にしては珍しい。やはりまだ本格的な調査に乗り出していないからだろうか。

「でも」

と、シエスタが起き上がった気配がした。

「君が知ってるんだから、いいじゃない」

「なんのことだ？」

ソファに寝転んだまま訊いた。

暗闇にあっても目が合いそうで、俺は目を瞑って、訊いた。

「さあ、私にはさっぱりだよ」

シエスタはさっきと同じ台詞を二度言った。

その時、テーブルに置いていた俺の携帯端末が振動した。飛び起き、画面を確認する。

「悪い、シエスタ。ちょっと出かけてくる」

「こんな遅くにどこ行くの」

ドアを蹴飛ばしながら俺は言う。

「婚約者のピンチなんだ」

◆ばかにしてくれて、構わないから

「アリシア！」

現場に到着して目に映ったのは、まさに恐れていた最悪の事態だった。

暗い路地裏。明滅する電灯の下には、二人の人物が倒れていた。俺はまずその内の一人、手前に倒れていたアリシアに駆け寄る。

「……！　大丈夫か！」

うつ伏せになっていた彼女を抱きかかえて見てみると、右肩から大きな出血があった。

しかし、その他には傷は見られず——

「……っ、君(きみ)、塚(づか)」

意識もある。これなら助かる、俺はすぐに携帯で救急車を呼んだ。

「あの、人は……」

するとアリシアが震える手でどこかを指さそうとする。

そうだ、もう一人倒れていた人物は——

「左胸を切り裂かれてる」

目を向けると、すでにシエスタが倒れた人物を救護しているところだった。俺のあとを追ってきていたのだろう。

「意識を失ってるみたいだけど、命に別状はないと思う。この人、警官だよ」

近くには拳銃と刃物が落ちているように見える。だがそうか、警察官なら防刃ベストを着ているはず。それで致命傷は避けられたのか。

「ねえ、助手」

「アリシアの方も無事だ。ヘルの……《ジャック・ザ・デビル》の仕業だろうが、とりあえず命だけは助かって良かった」

「助手」

「救急車、来たみたいだな。俺はアリシアと乗ってくから……お前は、帰って休んでてくれ」

近づいてきたサイレンの音に安堵し、俺はアリシアの小さな身体を抱きかかえる。

「助手。君は、それでいいの？」

シエスタのどこか悲しげな声に、一瞬足が止まった。

だけど、俺は。

「帰ったら、三人でアップルパイでも食べるか」

そんな、子供のような願い事を言うことしかできなかった。

「……君塚?」

それから病院のベッドで目覚めたアリシアは、目をこすりながら俺の存在に気づいた。

「よう、起きたか。どっか痛くないか?」

訊くと、アリシアは静かに首を横に振る。

「君塚、あたし……」

「大丈夫だ」

起き上がろうとするアリシアを、俺はベッドに押しとどめる。

「まさかお前が《ジャック・ザ・デビル》に遭うとはな。だけど医者の話じゃ、しばらく安静にしてれば治るらしい。不幸中の幸いってやつだな」

俺は冷やしていたりんごを冷蔵庫から取り出し、ナイフを当てながら回していく。

「それと多分、そのうち警察も来る。まあ事件の被害者だからな、色々話を聞かれるだろうが……俺も同席するから安心しろ。下手なことにはならないようにする」

「君塚」

「ああ、それから。お前と一緒に倒れてた警察官も一命は取り留めたらしい。とりあえず、あの五人目以降は犠牲者は増えてない。だからお前もしばらくは安心して……」

「君塚!」

アリシアが俺の右腕を掴んだ。一瞬緊張が走る――が。

「りんご、芯だけになってる」

「……りんごって剥くの難しいのな」

俺はやたらと小さくなった果肉を皿に載せる。

「あー」

「お前もかよ」

どこかで見た光景だと思いつつ、爪楊枝で刺したりんごをアリシアの口元へ運ぶ。

「ん、甘い」

「素直で助かる」

「素直で可愛いって？」

「待ってろ、耳かきを借りてくる」

「怪我人に対して辛辣すぎない？」

「そんだけ軽口飛ばせるなら上等だ」

そこまで言って、互いに小さく吹き出した。

いつも通りのやり取り、いつも通りの笑顔だった。

「ていうか君塚、なんですぐにあの場所に来られたの？」

アリシアがゆっくり起き上がり、対して俺はベッド脇の小さな丸椅子に腰を下ろした。

「ああ、お前に発信機つけてたからな」

「あ、そうだったんだ」

「りんご、まだいるか？」

「うん。あ、でも自分で食べるよ」

アリシアが残ったりんごを摘まんで口に入れ——

「……っぶ！　またさらりとすごいこと言わなかった⁉」

「一度口に入れたものを吐き出すな」

顔面に飛び散ったブツをティッシュで拭き取る。とても臭い。

「発信機ってなに！　怖ッ！　ストーカー！」

アリシアが涙目で自分の肩を抱く。

「誤解だ、誤解。ほら、お前すぐどっか行ったりするからな。その予防策だ」

「ていうかいつから！　どこにつけてたのよ！」

「アリシアお前、意外と派手な下着つけてるのな」

「最悪だ！　考え得る中で最悪の場所だった！」

アリシアは顔を覆い、ばたんと横になる。

「でもそのおかげで今日はお前を助けられたんだからな」

「……そんなの免罪符にならないわよ」

拗ねて尖らせたアリシアの口に、俺は小さくなったりんごを突っ込んだ。

「それで、なにやってたんだ」

こんな時間まで。と、なんとなく病室の窓を眺めながら訊いた。

「……もうあんな悲しい思いをする人は、いなくなってほしいから」

それはあの五人目の犠牲者の母親のことを言っているのだろう。アリシアはあの時、シエスタや俺に真似できないやり方で彼女を救ってみせた。

「それに、それがあたしの仕事だから」

「……どうしてアリシアは、そこまで必死になれるんだ」

なぜ探偵になることに、そこまでこだわるのか。アリシアにはそんな義務があるはずもなく、俺もシエスタも強制だってしていない。

それに本来であれば、まず何よりもアリシアは自分の記憶を取り戻すことを第一に考えるべきだろう。にもかかわらず、彼女は今回の《ジャック・ザ・デビル》もそうだが、最初にシエスタに与えられた探偵としての役割を果たすことを最優先に動いている。当の本人であるシエスタに止められてもなお、だ。一体何がアリシアをそこまで駆り立てているのか。

「あたしは」

アリシアが、ぽつりと声を漏らす。

「あたしはずっと、どこか暗い部屋の中にいた。暗い、暗い……光も、音も何もない世界」

それは……しかし、記憶が戻ったわけではないのだろう。あくまでもイメージで、主観で、だからこそ彼女自身にとって最も大事なファクターだ。

「あたしは何も知らなくて、きっと何者でもなくて。ただ毎日、今日という一日が終わるのを指折り数えることしかできない、そんな退屈と苦痛の中にいた」

でも、とアリシアは続ける。

「ある日急に視界が開けた。光が差して、音が聞こえて……それからりんごの甘さを知ったの」

アリシアが、皿に載ったいびつな形に剝かれた果肉を見て薄く笑う。

「だから、もしかしたら生き直せるかなと思ったの。あの深い、深い底の見えない暗黒から、たった一本垂れた糸を必死に手繰って、手繰って——その先で新しいあたしに生まれ変われるのなら。そのあたしに課せられた使命がもし《探偵》であるのなら、あたしはそのためだけに生きようって」

そう思ったの。と、アリシアは精悍な顔つきで俺に語った。

とても七歳にも、十三歳にも見えない。

シエスタにも負けない。気高く美しい女性だと、そう思った。

「……なんか、少し疲れちゃったみたい」

しかしそれも一瞬のことで、アリシアはまたいつもの子供っぽい顔で苦笑を浮かべた。

「ちょっとお喋(しゃべ)りしすぎたな」

「うん……なんか、眠い」

「そりゃこの時間だからな」

アリシアは目をこすりながら、ごそごそと布団に戻る。

「俺も朝までいるから、安心して寝てろ」

「じゃあ」

と、アリシアが布団から左手を出した。

その薬指には、ちゃんとあの指輪がはめてある。

「手、握っててよ」

どんな顔をして言ってるのかと見てみると、しかし残念ながらそこはしっかり布団でガードされていた。

「子供かよってばかにされるぞ？　俺に」

「……ばかにしてもいいから、握ってて」

拗(す)ねたような、でもどこか甘えた声。

「ご命令とあらば、名探偵」

照明を落とし、それからアリシアの小さな左手を握って――俺も少しだけ、眠った。

そして俺はわずか一時間後、自分のこの愚行を後悔することになる。

窓から入ってきた風に目を覚ますと、アリシアの姿はもう病室にはなかった。

◆だから、その頭を撫でる資格はなかった

夜の街を走っていた。

幸い、彼女が今どこにいるのかは分かる。

位置情報を携帯端末で確認しながらその場所を目指す。

「この辺りか」

やがて目的地に着き、俺は周囲を見渡す。人影はない。

そうして、そびえ立つ尖塔が特徴的なとある教会に俺は足を踏み入れた。

「なにも見えねえ……」

この時間だ。内部は暗く、照明も灯っていない。スマートフォンの明かりだけを頼りに、奥へ奥へと進んでいく。

と、うっすらと光を感じる場所に出た。光源の正体は月――聖堂の壁に設置されたステンドグラスを通して、月光がわずかに辺りを照らしていた。

早くアリシアを探さないと。そう思い、一歩足を踏み出したその時。

なにかの気配を感じた。

まだ近くではない——そう思ったのも束の間、一瞬で距離を詰められた。この暗さでは戦えない。相手が早くからここに潜んでいたのだとすれば、向こうは既に目が暗闇に順応している。アドバンテージは敵にある。

「と、思ったか？」

俺はつけていた眼帯を右にずらした——この左眼はすでに暗闇には慣れている。そうして俺は、目の前にいる人物に銃口を突きつけた。

「——降参だよ」

すると敵は、思わぬ俺の反撃に素直に両手を挙げた。

「まさか君に白旗を揚げる日が来るとは。私も少し腕が落ちたかな」

「そこは素直に助手の成長を喜んだらどうだ——シエスタ」

軽口を言い合い、互いに肩をすくめる。

俺は銃を下ろし、眼帯も元の位置に戻した。右眼もそろそろ慣れてきたところだ。

「こんなところで何をやってたの、君は」

「そりゃこっちの台詞だ。お前の方こそ、どうしてここにいる」

先に家に帰って寝てろと言ったはずだったが。

「私は人払いだよ。ヘルがここに来る可能性を見越して、子供たちを避難させてた」

……そう、この教会には職員だけでなく多くの孤児がいる。ここは、アリシアの身元を引き受けてくれたあの教会だった。

「どうしてここにヘルが来ると？」

「ん？　おかしなことを訊くんだね」

シエスタは、いつもの表情のまま首をかしげる。

「私こそ、それを君に尋ねようと思ってここへ来たんだけど」

「ツッコみたい点は色々あるが、まずどうして俺の居場所が割れている。まさか発信機でも仕込んでるんじゃないだろうな」

「冗談、君じゃないんだから」

長年の勘ってやつだね、とシエスタはさらりと言ってのける。そっちの方がよっぽど怖い気もするが。

「んじゃ、次に……」

「ねえ」

俺が新たなツッコむべき点を指摘しようとしたところで、

「いつまでそうやって先延ばしにするつもりなの？」

シエスタが、青い瞳で俺を見つめていた。

怒っているわけではない。

むしろ悲しんでいるような、諦めているような。

言うなれば、数日前に衝突したあの日の表情をシエスタは浮かべていた。

「君も、もう気づいてるんでしょう？」

なにをだよ。俺は苦笑を浮かべ首を傾ける。

まったく、相変わらず要領の得ない話し方をするやつだ。

それともなにか？　鎌をかけて俺からなんらかの情報を引き出そうって魂胆か？

「《ジャック・ザ・デビル》は、失った心臓を探している。反対に言えば、心臓しか狙っていないんだよ」

ああ、そうだったな。だから五人目までの犠牲者はみな心臓を抜かれていて、今日も警察官が一人危うく犠牲になるところだった。

「そうだよ、あの警官は左胸に傷を負っていた。防護衣がなければ命はなかったかもしれない——彼は間違いなく、ヘルに襲われてた」

だけど、とシエスタは続ける。

「じゃあ、彼女は？」

月の光がシエスタを照らす。やはり青い瞳が俺を向いていた。

「アリシアはなぜ右肩になんて怪我をしてたの？　どうしてあの警察官に撃たれてたの？」

ああ、そういえば医者の話によれば、アリシアのあの出血は銃弾を掠めた結果によるものだと言っていた気がする。

だがそれがどうした？　それがなにか問題なのか？

分からない。よく、分からない。

そうだ、そんなことよりアリシアを探しにいかないと。きっとこの辺りにいるはずなんだ。

「あの射撃は正当防衛だったんじゃないの？」

「どいてくれシエスタ。俺は……」

シエスタの肩を押しのけ、俺は聖堂の赤絨毯を進む。

「そして拳銃と一緒にあの現場に落ちていた刃物、どこかで見覚えはなかった？」

知らない。そんなものは知らない。現場にあった刃物が、うちのキッチンからいつの間にかなくなっていた包丁によく似ていたかどうかなんて、そんなの一々確認していない。

「ねえ、助手」

「っ、そんなことより早くアリシアを見つけないと！」

早くここを出ないと。早くシエスタの声が届かない場所に行かないと……っ！

「君も、分かってたはずだよ」

その哀しげな声に逆らえず、後ろを振り向いた。

シエスタの背後。内殿の奥で、聖母マリアが俺を見下ろしていた。

「だって、そうでしょう？　君が、あの指輪に発信機をつけていた本当の理由は――」

「やめろ！」

大聖堂に、俺の絶叫が情けなく響いた。

ああ、分かっている。分かっているさ。

ヘルとアリシアが同一人物であることなど、とうの昔に気づいている。

◆そうしてもう一度、旅に出る

ヘル、つまりは《ジャック・ザ・デビル》の正体がアリシアであることに勘づきながらも、それでも俺が最後の最後――たった1%でも彼女を信じた行動を取ってしまったのは、彼女が持つ、人の行動を操る能力によるものなのか、それとも俺が個人としてアリシアを信じたかったからなのか、それは分からない。

ただ確かなのは、アリシアが俺たちの敵であったという事実だけだ。

「……けど、シエスタ」

それでも俺はまだ、その覆しようのない真実に抵抗を試みる。

「ヘルとアリシアが同一人物だと言うのなら、あの偽物の風靡さんはどうなる？　最初はあれがヘルだって話だったたろ？」

そうだ、あの場にはちゃんとアリシアもいたはずだ。あっちの偽物がヘルだとするなら、やっぱりアリシアは関係ないはずで……。

「いや、アリシアこそが、ケルベロスの能力を使って変身していたヘルだよ。そしてあの偽物はまた別の敵だと考えるべきだ」

「……っ、そんな。姿を変える能力を持った敵が、他にもいたってのか？」

「そう考えるのが妥当だろうね。そして、あるいはアレの方がもっと厄介な敵の可能性もある――たとえば、奴らの親玉みたいなね」

……！　そんなバカな。ヘル以上の敵が《SPES》にはまだ――

「でも、今はまずヘルだよ。早く彼女を探さないと……」

「ア、アリシアだろ！」

身を翻そうとしたシエスタの手を、俺は掴んだ。

「ヘルじゃない、アリシアだ。あいつは、あいつは……」

分かっている。俺だって本当は分かっている。頭では理解できているんだ。

だが、心が追いつかなかった。まだ認めたくなかった。

「私たちとの戦いでヘルは心臓を負傷した。その直後、人々の心臓を奪う《ジャック・ザ・デビル》が現れて、それと時を同じくして身元不詳の少女が私たちの前に現れた」

ねえ助手、と。シエスタは振り返って言う。

「これがすべて偶然の一致だと、君はそう言い張るの？」

俺は掴んでいたシエスタの手を放した。

「……最初から、分かってたのか？」

「いや。私がもっと早くに気づいていれば、ここまで犠牲者を出さずに済んだ。……でも、ギリギリまでどうしても、あの子を疑えなかった」

それは、やはり能力によるものなのだろう。シエスタは、決して感情で行動を変えることはない。ヘルの……アリシアの《眼》を見て、言葉を聞いた時点で、俺たちはどうやっても彼女を疑うことはできなくなっていたのだ。

マインドコントロール——俺もシエスタも、最初からアリシアの手のひらの上にいた。

「おかしいだろ」

俺の情けない声が、静かに聖堂に反響する。

「じゃあ、なんだよ。アリシアのあの笑顔も、泣き顔も、優しさも、全部ぜんぶ、俺たちの勘違いだったっていうのか？」

あのアリシアの叫びは？

五人目の犠牲者の母親を救ったあの言葉――あれも全部嘘だったっていうのか？

「いや、本物だったと思うよ」

それは、せめてもの救いの余地だった。

「あの女性は、確かにアリシアの言葉に救われてた。まるで自分の娘に言われてるみたいだって、そう言ってたでしょ」

そうだ。確かにそう言って泣いていた。アリシアを胸に抱いて、そう――

「……っ」

全身に鳥肌が立ち、嗚咽を抑えることができなかった。

「あの時、アリシアには……」

アリシアの左胸にはあの母親の娘の心臓が入っていた。

自分の娘を殺した犯人を、娘のように感じて抱きしめていたのだ。

それはもう……だめだ。

早く、早くアリシアを探さないと――彼女を、止めないと。

「ごめん。名探偵、失格だね」

探しに行くまでもなく、彼女は自ら現れた。聖堂の入り口に立ったアリシアは、哀しげな笑みを浮かべている。

……だが、本当は彼女がここに来ることも分かっていた。

以前の戦いで心臓を失ったヘルは、新しい心臓を探していた。そうして五つの心臓を次々に使い、先ほど六つ目を手にしようとしたところで失敗した。だから彼女は一刻も早く新鮮な心臓を手に入れる必要があり——この夜更けの時間でも確実に人がいることを知っているこの教会に現れた。仲間のはずである他の孤児の心臓を、彼女は狙っていたのだ。

「アリシア……」

段々と近づいてくる彼女に対して、俺は一歩も動けない。

だが、彼女に敵意は感じられない。並んだ俺とシエスタの対面にアリシアが立った。

「あたしの中には、もう一人のあたしがいるみたいなんだ」

アリシアが自分の左胸に手のひらを重ねる。

「きっとその中でもあたしは『裏』の方で——だから記憶もなくて、自分が誰なのかも分からなくて、ずっとずっと暗闇の中にいたんだと思う」

解離性同一性障害——通称、多重人格。

自分ひとりでは受け止めきれない苦悩や痛みを味わった時に、その記憶や感情を自分から切り離し別人格としてそれを処理することで、心身への負担を回避しようとする一種の防衛反応のこと。

たとえば幼少期に両親から受けた虐待などがトラウマとなり、その心のダメージを軽くしようと別の人格を生み出したケースなど、このような症例は世界各国でも相当数報告されている。

今回の場合は――ヘルという主人格がまず存在し、先の戦闘で大きなダメージを負った結果、ヘルとしての意識が弱まり、代わりにアリシアという人格が表出したと推測できる。

だからアリシアは自分が何者かも分からず、記憶すらほとんど持っていなかったのだろう。

「だからずっと言ってたでしょ？　本当のあたしは十七歳なんだから」

するとアリシアが、わざとらしくおどけてみせる。

「……そうだったな。信じてやれなくて、悪かった」

恐らくアリシアのこの見た目は、ヘルが継承したケルベロスの変身能力によって作り出された仮の姿。実際のアリシアは十七歳で、本当の姿もあの軍服を着た紅眼（あかめ）の少女なのだろう。

「本当は、自分でも気づいてたんだと思う」

ふと、アリシアがぽつりと漏らした。

「でも、ずっと気づかないフリをしてた」

「……なにを？」

「無意識のうちに、もう一人のあたしが事件を起こしてるってこと」

するとアリシアは自らの胸元を掴み、ぐっと握り拳を作る。

「でも、なんでだろう。君塚と一緒に捜査を続けてるうちに、もしかしたら他に犯人がいるんじゃないかって。きっとそうに決まってるって、そう願ってしまってた」

病室のベッドでアリシアは語っていた。

ずっと暗闇の中にいた自分に、ある日突然光が差したと。その先に新しい自分がいて、新しい役割が与えられて……それに縋ろうとしたのだと。地獄の底から伸びる無数の手から、アリシアは必死に逃げていたのだ。だったら――

「アリシア、お前は悪くない」

俺はアリシアの両肩を掴んだ。

「仮にその手が人を殺めたんだとしても、アリシア自身はなにもやっていない！」

だって、そうだろう？

アリシアはなにも悪いことをしてないじゃないか。

そりゃあ多少わがままで、なかなか言うことを聞かなくて、一緒にいて困らされることだって沢山あったが――それでも、アリシアは優しい人間だ。人と喜びも、楽しみも分かち合える。人のために怒って、泣いてあげることができる。

これは勘違いなんかじゃない。そう思わされてるわけじゃない。ただこの数週間、俺が彼女と一緒にいて確かに積み上げた想いだ。それをあんな災厄に壊されてたまるか。悪いのはアリシアではない。アリシアはなにも……なにも……。

「ごめんね、君塚。やっぱりあたしは悪い子のままだったみたい」

アリシアは泣いていた。

大きな瞳からぽろぽろと玉のような涙を流しながら、アリシアは唇を噛みしめる。

「悪魔探しなんて、わざわざそんなことする必要なかったんだね」

そして一粒の涙が、彼女の左手薬指に落ちる。


「だって、悪魔は最初からあたしの中にいたんだから」


その瞬間、アリシアの指輪が音を立てて割れた。

青い宝石が砕け、俺が仕込んでいた発信機が破片となって飛び散る。

「助手！」

シエスタが俺の身体を突き飛ばした。床に叩きつけられる衝撃。慌てて顔を上げると、まさに刃物を振り下ろしたアリシアの左手を、シエスタが両腕をクロスにして防いでいた。

アリシアが握っていたのは、俺が病室でりんごを剥くのに使っていた果物ナイフだった。

「アリシア……」

その瞳には色がない——トランス状態。もはやそこにアリシアの意識はない。こうやって、五人もの人たちを襲ってきたのか。……だが一般人ならともかく、シエスタの敵ではない。

「ごめん」

小さく謝りながら、シエスタがアリシアを床に組み伏せる。そして後頭部に、マグナムの銃口を突きつけた。

「やめろシエスタ！」

気づけば俺はシエスタを突き飛ばしていた。

「……っ！　バカか、君は！　今、ここでやらないと……！」

「ダメだ！　こんな解決の仕方じゃアリシアは……アリシアは……！」

「その感情が大事な判断を狂わせることになるって君には分からないの！」

「それが人間だってことをお前はこの前学んだばかりじゃなかったのかよ！」

俺とシエスタの銃口が互いの眉間に向けられる。

それは俺とシエスタにとって、譲れない最後の一線だった。

「おや、仲間割れですか」

そんな声がどこからか聞こえた。視線を彷徨(さまよ)わせるも、その出所が分からない……だが、俺たちはそれに似た経験を数週間前にもしていた。

「彼女はまた預からせてもらいます」

その瞬間、倒れていたアリシアの姿がふいに視界から消えた。

「……っ、カメレオン！」

俺は虚空を睨(にら)む。見えなくとも、きっと奴(やつ)はそこにいる。

「いやあ、随分探しましたよ。少し目を離した隙に私の元を離れたと思ったら、姿を変えていただけでなく、記憶までなくしているとは」

……やはりそうか。ヘルは最初のあの戦闘後、俺たちから正体を隠すためにケルベロスの能力を使ってこの姿になった。だが心身へのダメージが大きく、思いがけずアリシアの人格が表出してしまい、ロンドンの街を彷徨っていたと――俺が段ボールで寝ているアリシアを見つけたのは、そんなタイミングだったのだろう。

「どうやら彼女には本格的な治療が必要なようだ。一度我が家に連れて帰らせることにしましょう」

「……っ！　どこに行くつもりだ！」

「ここから七百海里ほど北西に上った海域に、我々が拠点としている孤島があります。どうです、そろそろ頃合いでしょう？　そちらも準備が整い次第、我々の元においでになる

カメレオンはあくまで作ったような丁寧口調で、俺とシエスタにそんな宣戦布告をする。

「では、お待ちしています」

そしてそれを最後に、本当の意味で消えていった。

後に残されたのは、俺とシエスタただ二人。

空虚で、重い沈黙が横たわる。

俺は仲間と、そしてこれまで積み上げてきた絆を失った——今の俺には、もはやシエスタの目を見る資格さえなかった。

そうして、数分。あるいは数十分が経過したのち。

「……ッ!」

ふいに背中に鋭い痛みが走った。

「……撃たれたのかと思ったぞ」

座ったまま振り向くと、シエスタが俺の背中を思いっきり叩いていたところだった。

「バカか、君は」

ああ、それでいい。俺のことなら好きなだけ罵倒すればいい。だけど——

「謝らないからな」

俺はシエスタから目を逸らし、背中で語る。

「いいよ、謝らなくて」

しかしシエスタは予想外に、俺と背中を合わせるようにしてその場に座った。

「君は正しいことをしようとして、私も正しいことをしようとした。だから君は謝らないし、私ももちろん謝らない。いいよ、それで」

私たちは。と、シエスタは背中越しに言った。

「……これから、どうする」

すべてを失った俺たちは、これから何をすればいいのか。

そんな情けない泣き言に対してシエスタは——

「まずは二人でスーパーに行こう」

淡々と。

つまりはいつもの調子で俺に言う。

「そして、一番大きくて、一番赤くて、一番丸いりんごを買おう。それで美味しいアップルパイを作って食べて、とびっきりの紅茶を淹れて二人で飲もう。その後はまあ、君がどうしてもと言うのなら、二人でお風呂に入って……いや、バスタオルは使うけどね？　それから夜にはピザを頼んで、コークで乾杯して、夜通し借りてきた映画を観てもいいかもしれない。そしていつの間にか寝落ちして、やっぱり二人とも寝起きが悪くて、些細なことで喧嘩して。そうしていつも通りの日常を過ごしたあとは——

」

背中に感じていた熱が消えて、俺は後ろを振り返る。

そこには、座り込んだ俺に手を差し伸べる相棒の姿があった。

「仲間を助けに、旅に出よう」

俺は迷わず、その手を取った。

いつかまた、三人で並んで歩くために。

【第四章】

◆終わりへ向かう、希望の箱舟

「じゃあ、アリシアはその実験施設とやらにいる可能性が高いんだな？」

荒波を行く小型船の上で、俺は改めてこれからの動線をシエスタに確認する。

「うん、そうだね。彼女は、そこで身体の回復に努めているみたい」

シエスタはお気に入りのカップで一口紅茶を啜ると、俺の質問に頷いた。

さっきから船体は大きく揺れているのだが、それでも一滴も零すことなく優雅にティータイムを楽しんでいる。今から実行するミッションの重大性を考えたら、そんな余裕を持つことは難しいはずだが……この名探偵にそんな常識は似合わない。

あの教会での悲劇から五日。

俺たちは《SPES》が実効支配しているという、とある海域の島へと向かっていた。

目的は明確——ヘルの討伐、そしてアリシアの奪還である。

だが無論、その二人は同一人物だ。

ヘルを倒し、アリシアのみを救う——そんな矛盾を解決する手立てがあるのか、俺には分からない。しかし、それでも。

「大丈夫、策は考えてある」

シエスタは俺の不安を払拭するように、落ち着いた様子を見せる。

その具体的な作戦自体は、俺やシャルには伝えられていない。しかし、それもいつものシエスタのやり方だ。この三年間、そうやって俺たちはうまくやって来た。だから、きっと今回も——

「そういうわけで、君とシャルはその実験施設の方に向かってほしい」

「俺とシャルなあ……。まあ、それはいいとしてシエスタはどうするんだ？」

「私はこっちのエリアを見て回るよ。情報によれば軍事演習場のような場所らしいんだけど」

それからシエスタは、色あせた地図のような紙を広げて見せる。

このあたりの情報は、どうやら日本にいるコウモリから聞き出したらしい。元々は敵だった男——当然それは今も変わらないが、しかしこういった時に協力してくれるあたり、奴(やつ)もまた、この名探偵に魅せられた一人だったのだろう。なんにせよ、今回ばかりは助かった。

「待ってろよ、アリシア」

この島のどこかに、アリシアが……あるいはヘルがいる。カメレオンの言っていた治療とやらはもう終わっているのか、それともまだ気を失ったままなのか。いずれにせよ、一刻も早く彼女を見つけなければならない。

「はあ、ワタシもマームの方についていきたいです」

するど、子供っぽく頬を膨らませるシャル。

この問題については少し前に一悶着ありつつも、解決したはずだったんだけどな……。

「うーん、さすがに助手一人じゃ心許ないからね」

母親のようにシャルを諭すシエスタ。しかし、まあまあはっきりとした「お前は頼りない」という俺へのメッセージも忘れないあたり手厳しすぎる。

「マームは、本当に一人で大丈夫ですか？」

瞳を揺らしながらシャルが訊く。それはヘルが治療を終え、再び人格と力を取り戻している可能性を危惧しているのだろう。事実、ロンドンで初めて戦ったヘルは、シエスタをあと一歩のところまで追いつめた。

しかし、

「大丈夫だよ」

シエスタはむしろ余裕すら感じさせる微笑をシャルに向ける。

「今、ヘルの心臓はおそらく機能していないからね」

ヘルはシエスタに敗れた後、《ジャック・ザ・デビル》として五人の心臓を奪った。どうしてそんなにも次々と新しい心臓を求めたかといえば、それはきっと心臓が、彼女の肉体に適合しなかったからである。

だが本来、そんなのは当たり前だ。誰も彼もがそう簡単に他人のドナーになれるはずもない——今回のケースはただ、ヘルが《人造人間》であり特別だったから。

今ヘルは、次々と新しい心臓をバッテリーのように消費している。そうして五つの心臓を使い切り、六つ目に手を出そうとしたところで——俺とシエスタに見つかった。

だから今、ヘルの身体(からだ)にはほとんど摩耗しきった五つ目の心臓が入っているに過ぎない。そんな弱り切ったヘルなら、シエスタであれば倒せる余地がある。そして、どうにかアリシアの意識だけを救い出す方法があれば……いや、その策はもうシエスタが考えているはずだ。

「いよいよ、か」

ヘルと、あるいはアリシアと出会って一か月。

《SPES(スペース)》との交戦が始まってからは三年か。

ついに、この長い旅にも一つの決着がつくことになるだろう。そう考えると、嫌でも背筋が伸びる思いがした。

「緊張してる?」

シエスタが、ティーカップを置きながら訊いてくる。

「武者震いだよ」

「あ、ほんとに震えてるんだ」

「だから良い意味でな？」

「ぷっ」

「シャル、お前は黙れ」

「助手、頭でも撫でてあげようか」

「マーム、ワタシ怖いです……」

「本当、調子いいなお前は」

シエスタの膝元に駆け寄るシャル。もうこの光景も見飽きたぞ。

「君はいいの？」

シャルのブロンドを撫でながら、シエスタが俺に向けて首を傾ける。

「あほ、そんな恥ずかしい真似できるか」

最終決戦前のこんな状況で、そんな緊張感のないことができるわけがない。

「……ふん」

ところが、なにを思ったかシャルがシエスタの膝から頭をどかすと、

「譲ってあげる」

いや、譲られましても。そんなお膳立てをされたところで、俺は。

「おいで」

シエスタが両手を広げて、わずかに口角を上げる。

「……頭を撫でるにしては大げさなポージングだな？」

「せっかくだから、抱きしめてあげようかと」

だから緊張感がなくなるだろ。

……いや、俺が緊張してるからか。だけど、余計なお世話だよ。

「あれ、来ないんだ」

「当たり前のように男に胸を押し当てようとするな」

「君の表現は独特だなあ」

まあいいや、と言ってシエスタは腕をおろす。

「それじゃあ、またいつかね」

「そんないつかが来るかよ」

そう言って俺たちは、ふっと笑う。

俺たちはこれでいい。俺とシエスタは、これで。

「そろそろみたいだね」

シエスタが、目を細めて海の向こうを見つめる。

その先にはあるのは、この三年間の旅の終着点だった。

◆エンジンと風の音を聞きながら

程なくして島の港（ほとんどただの海岸線だ）に辿り着いた俺たちは、荷物を降ろしつつ上陸を果たした。

「それじゃあ、行ってくるね」

「マーム、どうか気をつけて」

シャルはぐっと握手を交わし、ついで俺は……シエスタの無言の圧力に負けて軽く右手でタッチだけ交わす。

「またあとで、な」

そうして俺たちは、最後のミッションに身を投じた。

「風が気持ちいいな」

こんな時ではあるが、全身で風を切る感覚に俺は思わずそう漏らした。

潮の香りがほのかに漂う。

「研究棟はこのまま直進でいいのよね」

シャルがいつもより大きな声で訊く。

「ああ、地図で見た限りそれでいいはずだ」

そして俺も気持ち大声で返答をする。

というのも、今俺たちは二人乗りでバイクに跨って目的地へ向かっていた。

船に乗せるにはギリギリのサイズだったが、作戦をスムーズに進めるには必須だった。《SPES》の巣窟たるこの島であまり悠長な時間は過ごしていられない。

「……ていうか、逆じゃない？」

ヘルメットをしていないシャルが、一瞬視線だけ後ろに向けて言った。

「逆？」

「ワタシとキミヅカの位置！」

と、なぜか怒られる。

おかしいな、なにも悪いことはしていないはずだが。

「普通こういう時、運転するのは男の役目でしょ!?」

なるほど、二人乗りのバイクでシャルに運転を任せていたことが気に入らなかったらしい。

「いや、俺免許持ってないし」

「だっさ」

「アメリカ帰りのお前と一緒にするな」

法律が違うんだよ、法律が。

「……それに」

「それに？」

「あ、あんまりくっつかないでよ」

再びちらっと俺の方を振り返り、唇を尖らせる。

よほど俺に腰を掴まれていることが気になるらしい。

「いや、だって怖いし」

「バイクの二人乗りで男が怖がらないで」

「お前の腰を抱いているとなぜかとても安心するんだ」

「史上最悪のセクハラ来たわね、これ」

俺たちはバカな会話を交わしながら、風を切って自然路を進む。

今のところ人気はなく広大な大地が続く。ただ、遠くに白いレンズ風車が立ち並んでいるのは見える。電力とエネルギーの供給がなされているということは、人工による文明があることは明らかだ。

「さっき」

スピードは緩めることなく、シャルが話しかけてくる。

「マームに抱きしめてもらっとけばよかったのに」

そんなに女の子にしがみつきたいなら、と今の俺の状況を笑ってくる。

「あほ、そんな情けない真似ができるか」

「まさに現在進行形で情けない真似してるけど」

「いや、シャルには別にどう思われても構わんというか」

「振り落とすわよ」

まあワタシもそうだけど、とシャルは言う。

なら急にハンドルを切り返さないでほしかった。まじで死ぬからやめろ。

「けど、後悔するわよ。そんな意地張ってばかりだと」

ふと、真面目な口調でシャルが諭してくる。

「アナタには、マームしかいないんだから」

俺にはシエスタしかいない。

そんなことは——と反論しようとして、しかし言葉がうまく出てこなかった。

もしも、シエスタがいなくなったら。

そんなｉｆを考えようとして……やっぱりやめた。

そんなもしもを、なにも今日考えなくたっていいじゃないか。

今は、ただこれから遂行する作戦に集中するべきだ。

「シエスタには、俺しかいないわけじゃないからな」

だから、俺はそんな戯言でお茶を濁そうとする。

「シエスタには、シャルだっている。もちろん他の仲間も。俺だけ特別なんてことは……」

「いないよ」

しかし、シャルはどこか憂いを帯びた声で言った。

「マームには、アナタしかいない」

俺はその言葉にどう返事をしていいか分からず、ただエンジンと風の音を聞いていた。

◆SPES（スペース）

やがて到着した研究所の中は薄暗く、俺たちは急ぎながらも慎重に歩みを進める。

この施設自体の地図は持ち合わせておらず、ただ手探りで進んでいくしかない。そもそもアリシアが……あるいはヘルがここにいるかどうかも不明であり、ある程度探索して成果がなさそうであれば急いでシエスタと合流する必要がある。

「誰も……いないわね」

階段を降り、シャルが周囲に目を配る。

「ああ。最低でも二、三戦は覚悟してたんだけどな」

しかし、こうも簡単に侵入できるということは……ここは空振りか？

だとすると、シエスタの方が当たりを引いた可能性は高い。

「キミヅカ」

シャルが俺の袖口を引き、「あれ」と指を差した。そこにあったのは、貨物用と思われるエレベーター。近づいてみると、一応稼働はしているようだった。

「乗ってみるか」

頷いたシャルと共に、さらに地下へ降りていく。やがてエレベーターのドアが開き、俺たちの目の前に広がった光景は——

「……っ！　これ、は……」

一面の血の海。

そして、目も覆いたくなるような損壊の激しい遺体がそこら中に転がっていた。

「うっ……」

こういった現場に慣れているはずのシャルも思わず口を押さえるような、そんな惨状。

だが、だからといってこの場を今すぐ離れるわけにもいかなかった。なぜなら、その死体の山に君臨するように、一人の男が佇んでいたからだ。

「お前は、ケルベロスか……？」

黒いローブを纏った、屈強な壮年の男。その姿は、確かに一か月前ほどに戦ったケルベロスの姿そのままだった。

「……いや、そんなはずはない」

それはシエスタとも確認を重ねたことだ。ケルベロスは、俺たちの目の前で殺された——ヘルの手によって。で、あるならば、

「ケルベロスの能力を継承し、その姿に変身をしたヘルであると、そう考えているのか？」

まるで俺の心を読んだように、男が言った。

「残念ながらハズレだ。我はケルベロスでもなければ、ヘルでもない」

すると、男の姿がぐにゃりと歪み、次に現れたのは。

「ハハッ、こいつも見おぼえがあるか？」

「……！　コウモリ……！」

「おうおう、いいリアクションだなあ」

その姿に合わせるように喋り方も変わる。まるでケルベロスもコウモリも、それぞれ本人を相手にしているようだった。

「っ、じゃあアナタ自身は何者なの！」

シャルが拳銃を引き抜き、男に銃口を向ける。

そうだ、いくらケルベロスやコウモリに擬態しようと、こいつ自身は一体誰なのか——

「親だよ」

男はあくまでコウモリの姿のまま、だが今度は恐らくその中身の人格としてそう答えた。

「親……？　ケルベロスやコウモリの？」

「ああ、ケルベロスやコウモリもな」

そう言うと、濁ったエメラルド色の瞳で死体の山を見下ろした。

「……！　じゃあ、まさか」

シャルの握ったハンドガンが、わずかに揺れる。

この自由自在な変身能力。間違いない、以前俺やシエスタ、アリシアの前に現れた偽風靡(ふうび)の正体もこの男だ。そしていつかシエスタは言っていた——その偽物こそが《SPES(スペース)》の親玉かもしれないと。

「シエスタがいない時に限ってこんなのに出くわすか……とことんツイてねえな……」

いや、むしろ俺らしいか……それこそが俺のこの巻き込まれ体質だ。

そう自嘲でもしていないと、身体(からだ)の震えが止まりそうになかった。

「親が子を殺していいのかよ」

俺もシャルに倣い、数メートル離れた敵の親玉に銃口を向ける。

「なにを言っている？　親だから子を殺してもよいのだろう？」

……っ、最悪だ。こいつはヘルか、それ以上に話が通じない。いや、話していたくもない。

「これらはみな、俺の子だ。俺が生んだ子だ。だからどうしようと俺の自由だ」

違うか？ と、本当に自分の発言に違和感を抱いていないように、偽コウモリは首をかしげる。

「一体いつ俺は、男が子供を生む世界線に迷い込んだんだろうな」

俺はあえて軽口を挟み、時間稼ぎをしながら、これからどう動くべきかを必死に考えようとする——が、しかし。

「この俺を男だとか女だとか……そんな人間のようなカテゴリーとして捉えるつもりか？」

「ああ、人じゃなく化物だって言いたいのか？」

「違う」

すると、俺たちが倒すべき最大の敵は、かくもあっさりと自分の正体を語る。

「《植物》だ」

唐突に語られたその真相に、俺とシャルは顔を見合わせ——だが、ただ互いに困惑の色を浮かべた瞳を見つめるばかりだった。

こいつは一体なにを言っている？

植物？　自分が《植物》だと言ったのか？

「無論、お前たちの言う分類に当てはめればの話ではあるが——俺は宇宙からこの星に飛来した植物——《シード》、人でもなければ怪物でもない」

……おいおい、どれだけ話のスケールを広げるつもりだよ。

宇宙から来た植物？　侵略者？

勘弁してくれ……俺たちは一体、なにと戦ってきたっていうんだ？

「……じゃあ他の《人造人間》も、本当は植物だと？」

「《人造人間》とはお前たちが勝手に付けた名だろう。俺も、こいつらもみな、最初からただの植物だ——ほら、こういうのだって見たことがあるだろう？」

次の瞬間、シードの右耳から、ぐねぐねと長い《触手》のようなものが生えてきた。まさに三年前の……あの飛行機でのコウモリの再現だ。だが《触手》だと思っていたそれは、今思えば植物の太い根のようにも見えた。

「っ、アナタたちの目的はなに？　《SPES》は、なんのためにテロなんか起こしてるっていうの？」

シャルが、シードの《根》から銃の照準を外さないようにしつつ問い質す。

シエスタがずっと追い続けていた、秘密組織《SPES》——ラテン語で《希望》を意味するというその名前。だが奴らは、希望どころか常に絶望を振りまいてきた。《聖典》なるふざけた書物を信仰し、テロを起こし、なんの罪もない人たちの命を奪い続けている。

「シード、答えろ。世界征服か？　それとも不老不死？　あるいは知識欲？　案外ただの破壊衝動か。いや、ヘルみたくそれが自分の使命とでも言い張るつもりか？　なあ、お前の目的は、一体なんなんだ。仮にお前が別の星から来た《植物》だとして、この地球でなにをするつもりだ？」

さあ、来い。思いつくだけの悪の動機は並べ立てたぞ。だが、どんな答えが返ってこようとも、正論と銃弾で撃ち返す。そう覚悟し、俺は改めて銃のグリップを強く握りなおした。

「生き残るためだ」

だから、そんな何のひねりもないストレートな回答に一瞬気が抜け……俺は構えた銃を取り落としそうになった。

「……生き残る、ためだと？」

「ああ、俺たちの目的はただ一つ」

するとなにを思ったか、シードは耳から生えた《根》で、自らの右腕を切断しながらこう言った。

「Surface of the Planet Exploding Seeds——俺たちはこの惑星を《種》で埋め尽くす」

◆本物の凶悪

「それが《SPES》の本来の意味、本当の目的……」

俺が愕然としていると、その間に奴の右腕は傷口から瞬く間に再生を始め、そして床に落ちた右腕からも新しく肉体が再構築され出した。まだ完全な人形をなしてはいないが、段々と身体に凹凸ができていく。

「挿し木みたいなものか……」

「ええ、そうね」

「シャル、分かってないのに分かったみたいな顔して頷くな」

「……ほら、シリアスパートが長いから和ませようと思って？」

嘘をつくな。お前がまあまあバカなのはとっくにバレてるからな。

「挿し木とは、母体となる株の一部を切り取って発根させ、個体を増やす方法のことだ。要は——」

「植物の、クローン？」

そういうことだ。シードが自らを親だと名乗っていた意味。それは《SPES》の構成員は全員奴のクローンだったから。シードこそが奴ら《人造人間》のオリジナルだったわけだ。

だからこそシードは、こうしてケルベロスやコウモリの姿になることもできれば、彼らの能力を使いこなすこともできる。いやむしろ、シードが能力を彼らに分け与えていたわけだ。

「俺は偶然この星に飛来した《植物》――いわば《原初の種》。そして動物だろうと植物だろうと、生命の最も根源的な欲求は、子孫を残すことだ。俺はこうして自らの肉体からクローンを生み、地表に蒔き、種の繁栄を求めている」

「……っ、それが、罪のない人間を殺していい動機になるとでも思っているのか？」

「種の拡大の邪魔となる、外来種である人間を排除することになんの問題がある？」

「っ、外来種はお前たちの方だろ！」

俺は思わずシードから生えた《根》に向けて発砲する――が、しかし。

「生み出してまだ数分ではあるが、親を守る本能は働いているようだな」

さっきシードが切断した右腕から生まれた、泥人形のような《人造人間》がふらりと起き上がり、銃弾の盾になった。そして、やがて糸が切れたようにその場に崩れ落ちる。

「……心は、痛まないのか？」

俺は、シードの周りに倒れた奴の同胞たちに目を向ける。種の繁栄を願っていると言いながら、これではやっていることがまったく逆だ。

「これも種の存続のために必要な犠牲だ。案ずるな、これらの《種》は決して無駄にはなっていない」

そう言うとシードは、倒れたばかりのクローンから、小さな漆黒の石のようなものを拾い上げた。それは、いつかヘルがケルベロスの左胸から引き抜いていたものと同じに見える。

「《種》……？　その石のことか？」

確か前にシエスタは、それこそが《人造人間》を作る核のようなものだと言っていた。シードが自らを《原初の種》と名乗る意味はそういうことか。

「そうだ。そして既に亡骸となった同胞たちの《種》の一部は、今アレに受け継がれている」

「……！　ヘル、か……」

それがあの時カメレオンの言っていた治療……同胞たちの《種》をヘルに移植したのか……。どうりでここに来てから、人っ子一人すれ違わないわけだ。

「今、ヘルはどこにいる？」

話を聞く限り、恐らくもう彼女はアリシアではなくヘルに戻ってしまっている。であるならば、一刻も早くヘルだけを倒し、アリシアの人格のみを救い出す方法を見つけなければならない。

「ここにはいない、ということは一か所しか考えられないと思うが？」

……っ、シエスタか！

「キミヅカ！　マームが！」

「ああ、分かってる。急ぐぞ」

そうして俺たちが踵を返そうとした、その時。

「そう簡単にここから逃げられるとでもお思いで？」

耳に覚えのある、不快な丁寧語がどこからか聞こえてきた。

「カメレオン……ッ！」

アリシアを俺たちの目の前から連れ去った張本人。

恐らくはその能力により、姿は見えない。だが、確かに奴は今この部屋にいる。

「はは、こっちでもまた楽しめそうですね」

こ、こっちでも？　……まさか。

シャルが虚空に向かって銃を構えつつ、俺に視線で合図を送ってくる。

「キミヅカ！」

「ああ、分かってる」

カメレオンのその言いぐさは、どこか既に一戦を交えてきたように聞こえる。それはすなわち、別行動を取っていたシエスタと戦ったということに違いない。だが、カメレオンがここに来ているということは、まさか……だがしかし、シエスタがこんな男に負けるなんてことがあるか？

いや、待て。そうだ、もしも復活したヘルも一緒だったとするなら——

「キミヅカ、ここは任せて」

シャルが俺に、シエスタの元へ行くように促す。

「ワタシがここは食い止める。だから、早く——」

「ですから、無視されると困るのですがね」

カメレオンの声が、あちこちから移動するように聞こえてくる。これでは仕留めるどころか、いつ攻撃が飛んでくるかも分からない。扉までは約十メートル。どうやってあそこまで——

「親の話を遮ったたな？」

ふいに目の前から、シードの姿が消えた。

「っがあああああああああ！」

ついで聞こえてきたのはカメレオンの叫び声。

そして今俺は、初めてカメレオンの姿を捉えた。銀色の髪、アジア系の薄い顔。そんなカメレオンの首が、シードの右手によって鷲掴みにされ、宙に浮かされていた。

「今は俺が喋っていたんだ。なぜ貴様が割って入ってきた？」

「……も、申し訳、ありませ……」

カメレオンは声にならない声を発し、口からは色のついた液体がこみ上げていた。

「貴様はアレの護衛として生かしているに過ぎない——図に乗るな」

そう吐き捨てるとシードは、首を鷲掴みにしたカメレオンをそのまま床に叩きつけた。

それは決して、俺たちを守るための行動ではないのだろう。あくまでも親である自分に無礼を働いた罰を与えているだけに過ぎない。——だが、

「シード、なぜ俺たちにあそこまで《SPES》の情報を与えた？」

そもそも、お前はここでなにをやっていたんだ？　ヘルを生かすために同胞を皆殺しにした後、なぜここに留まっていた？　シードが《SPES》の総大将だというのならば、お前こそシエスタを倒しにいくのが普通じゃないのか？

そんな当然浮かんでくるいくつもの疑問に対して、シードは、

「どちらか一方に肩入れしては、計画が成り立たなくなるからな」

そんな、意図の読めない台詞（せりふ）を吐いて、ふっと見えなくなるように消えていった。

「カメレオンの能力も当然使えるか……」

だが、どこに行ったのか。シエスタの元ではないことを願うばかりだが……。

「キミヅカ、今のうちに」

シャルが、倒れ込んだカメレオンに向けて銃を構え、俺に先を行くように促す。

「く、そが……ッ！」

しかし、カメレオンが苦悶（くもん）の表情でふらふらと立ち上がる。そして再びその姿を眩（くら）ませると、影の見えない侵略者として俺たちを四方から狙う。

「いい加減同じ手は飽きたわね」

するとシャルは、虚空に向かって銃弾を撃った。

「……ッ！　良い勘をしていますね」

カメレオンの声。適当に撃ったはずの弾丸が、敵を掠（かす）めた？

「勘？　へえ、爬虫類（はちゅうるい）のくせして面白いジョークを言うのね」

シャルは俺に「行って」と目配せをすると、再びトリガーを引きながらこう言った。

「口の臭さでバレバレなのよ」

女にこれを言われたら一生立ち直れないな。苦笑しつつ、俺は後をシャルに任せて走り出す——と、

「キミヅカ！」

なにかが宙を舞い、右手でキャッチする。中を開くと、それは鍵だった。

だから免許、持ってねえんだけどな。

「いつか、後ろに乗せなさい」

「……ああ、練習しとく」

だから今日のところはお前の愛車、壊しても許してくれよ。

◆もう一度、この島の外で会えたなら

それからシャルのバイクを借りた俺は島の反対側へ向かってアクセルを回し続けた。民間人もいない、交通ルールも守る必要がないとあっては、初めての運転でも大した問題はなく、ただただ一秒でも早くシエスタの元に辿り着くことだけを考えてハンドルを握る。

まさか、あのシエスタがカメレオン程度の男に敗北を喫したとは思えない。だが、もし

も復活したヘルまで一緒だったと考えると、あるいは……。

「……っ、くそ」

つい悪い方にばかり考えてしまう。

だが、もしもシエスタの身になにかあれば、俺やシャルだけでは到底ヘルには敵わない。そして、それはすなわちアリシア救出の失敗を意味する。つまりは、シエスタに死なれてはアリシアも救えなくなるということだ。であるならば、まずなによりもシエスタの無事が最優先で――

「……いや、違うな」

たとえアリシアのことがなかったとしても、シエスタが危機に瀕しているのならば――きっと俺は、迷わず助けに向かうだろう。

「よく調教されたもんだ」

間に合ってくれと祈りながら、俺はシャルの愛車を走らせた。

「……っ！　シエスタ！」

別れて約二時間ぶりに再会したシエスタは、うつぶせで地面に倒れ込んでいた。

俺はその場にバイクを倒しながら、ようやく見つけた相棒の元に駆け寄る。

「シエスタ！　おい！」

うつぶせの身体を起こし、膝に乗せる。

白くて小さな顔は砂にまみれていて、俺は指先でそれを拭いながら名前を呼び続ける。

「お前、冗談じゃねえぞ！　俺に黙って死んだりしないって約束だろ！　なあ……ッ！」

いや、ダメだ。こんな時こそ落ち着け。

今できることを。シエスタを助けるためにやれることを、冷静に遂行するべきだ。

「勘弁してくれよな」

俺は腕をまくって、地面に寝かせたシエスタの胸に手を置いた。

左手の上に右手を重ね、肘をまっすぐに伸ばして体重をかけるように強く押す。

「――五センチ」

胸が深く沈み込むぐらい押さなければ、心臓マッサージは効果がない。

例の体質のせいで、奇しくも人命救助はこれが初めてではなかった。

その偶然に感謝しながら、俺は強くシエスタの胸を押す。あんなにも強かったはずの彼女の身体は、しかし、こうして少し押すだけで壊れてしまいそうなほど儚く、繊細だった。

「死ぬんじゃ、ねえぞ……！」

一定のリズムを刻みながら、シエスタの胸を押し続ける。

十回、二十回……そして三十回。

次は二回の人工呼吸だ。気道を確保し、シエスタの鼻を指先でつまむと、俺はひとつ大きく息を吸う。

「許してくれよ」

そして、目標を見失わないようにしっかり目を開けた状態で、シエスタの唇に顔を近づけたところで――

「君がここに来ることは想定してなかったんだけどな」

ぱっちりと、青い瞳を見開いた。

「……うおおおい！　ばっ、お、お前！」

腰が抜けるほど仰け反った俺に対して、シエスタはむくりと起き上がると、

「うーん、まさか君が私のところに来るとは……参ったな、予定が狂った」

そんなよく分からないことを言いながら、ぱたぱたとワンピースについた砂埃を払う。

「君の私に対する愛が想定よりはるかに重かったのが原因かな」

「……事情はよく分からんが、とりあえずその分析にだけは異を唱えさせてもらう」

「というか君、救命活動を行うのはいいけど、普通はまず自発呼吸があるかどうか確かめるのが先だよ」

シエスタが、いまだ地面にへばりついている俺をジト目で見下ろす。

「お前、じゃあ最初から心臓は動いてて……」

「いや、まあ動いてなかったけど」

「止まってたのかよ！」

じゃあなんで怒られたんだ。

「ああ、違うちがう」

と、シエスタは手を横に振るジェスチャーをする。

「心臓は止まってたんじゃなくて、止めてたの」

「……止め、てた？」

なにを言っているのかちょっとよく分からない。が、とりあえずシエスタが差し出してくれた右手を掴み、俺は立ち上がる。

「いや、ちょっと面倒な敵に絡まれてしまってね。死んだふりをしてた」

「……三年越しに訊くがお前、一体何者だよ」

もはや驚きもしない。呆れて膝が笑っていた。

しかし、面倒な敵とは……やはりそういうことか。カメレオンは、シエスタを殺してすでに一仕事を終えたと勘違いをしていたのだろう。

「まあ面倒というか、アレとは微妙に相性が悪くてね」

するとシエスタは、わざとらしく青い瞳を片方瞑る。

だからといって文字通り死んだふりなんてできるか、普通？

「どんな身体だよ、まったく」

俺は苦笑しつつ、手刀のひとつでも入れてやろうと、

「あれ」

……したのだが、気づくと俺は地面に尻餅をついていた。

「どうしたの」

「……いや、なんか」

シエスタはきょとんと首をかしげ、そして。

「もしかして、ホッとして腰が抜けた？」

私が無事で。そう言って、わずかに目尻を下げる。

「っ、ニヤニヤするな」

「今の私の正直な気持ちを言ってもいい？」

「いやだ、ダメだ、言うな。言ったところで俺は聞かんぞ」

「君のことを、とても可愛いと思っている」

「あ――――！　あ――――！　全っ然聞こえねえ！」

くそ、なぜ俺がこんな辱めを受けねばならんのだ。あんなに必死に乗れもしないバイクに跨って急いで来たのに……人工呼吸までしようとしたのに……。おかしい、おかしいだ

ろ……。

「どうしよう、やっぱり頭を撫でてあげようか」

「断固拒否する！」

「抱きしめる？」

「あり得るか！」

「君流に言うと、胸を押し当てる」

「そういう気安いこと、他の男にも絶対にやるなよ？」

「あ、でも胸はもうさっき触られたんだった」

三十回も。とシエスタはくすっと笑う。

「理不尽だ。シエスタお前、俺を殺しに来てるな？　社会的に」

「ふふ、君をからかうのは本当に楽しい——本当に楽しかった」

「……シエスタ？」

微笑みの表情が、急にどこか憂いを帯びたものに変わった。

その顔を見て、俺はすべてを察した。三年間も隣で彼女の横顔を見てきたのだ。なにが起こったのか。今からなにが起こるのか。そんなこと、嫌でも分かるさ。

「シエスタ」

「なに？」

「やっぱり、一度ぐらいその胸の中で甘えさせてくれ」

俺は立ち上がって、後ろを振り返る。

そこには、一人の少女が立っていた。

「生きてこの島の外で会えたら、さ」

◆再戦

「お前は——どっちだ?」

振り返った先に立っていた少女に、俺は訊いた。

「この姿を見れば、分かると思うけどな?」

紅い瞳に、紅い軍服。そして腰に差した幾本のサーベル。見まがうはずもない、ロンドンであの死闘を繰り広げたこいつの名は、

「ヘル……」

彼女はアリシアではない。今目の前に立っているのは、ヘル——俺たちの倒すべき敵だった。

「治療はもう済んだと見なしていいみたいだね——仲間の命を使って」

シエスタが俺の隣に並びながら、ヘルを厳しい視線で射抜く。それを知っているという

ことは、シエスタもさっきカメレオンあたりから聞いていたのだろうか。

「仲間？　仲間って、誰のこと？」

ヘルは、本気でなにを言われているか分からないかのように首をかしげる。

ついさっきもこんな顔を見たばかりだ。子を殺したことに対する罪悪感を問いかけた時のシードと、同じ表情を浮かべている。

「本気で、分からないのか？」

それが《人間》と《植物》の違い？　《種》の繁栄こそが最優先される？

「じゃあ、カメレオンは？　あいつとは、ロンドンでも行動を共に……」

「アレはただ、隠れ蓑として使うのにちょうどいいから利用しているだけだよ」

ヘルはさらりと言ってのける。

「あっちだってそう思ってるはずだよ。カメレオンもボクという個体そのものに興味はない。アレにとってボクは、紅い軍服という記号でしかないからね」

……そういえばヘルの身体にアリシアが表出していた時も、カメレオンは数週間かかってようやく発見できるレベルだった。耳や鼻が利くコウモリやケルベロスはともかく、奴らは基本的に他者を一個体として特別視していないのか。

「だからボクは、キミたちみたいなお仲間ごっこなんて興味がない」

そう言うとヘルは、紅い瞳で俺とシエスタを冷たく見下す。

「……随分と含んだ言い方をするんだね」

するると今度はシエスタが俺の前に立ち、数メートル先のヘルと向かい合う。

「本当は何が言いたいの？」

「いや、別に？　ただ、彼女とはとても親しくしてくれてたみたいだなって思ってね」

彼女とは……アリシアのことか。それを指してヘルは、お仲間ごっこと揶揄していたのだ。

「そうだよ。だからこそ私たちは、アリシアを助けるためにここに来た」

「知っている。だからキミはボクを殺すわけだ」

次の瞬間、地面が隆起したかと思うと、そこから幾本もの、いばらのような棘のついた蔓が生えてきた。

「だったら、ボクがキミを殺すことも許されるよね？」

そしてそのいばらの鞭の先端が、俺とシエスタに向けられる。

「なんだよ、あれ……」

「敵も馬鹿じゃなかったってことだよ——きっとこの島の地層には、奴らの《種》が植えられている」

シエスタは、さっき俺が聞いたばかりの言葉を使ってそう分析する。

「……なるほど、島全体が俺たちの敵ってわけか」

今やこの島すべてが、生存本能をかけて俺たちを攻撃しようとしている。文字通り、既に種は蒔かれていたということか。

しかし世界の敵を前にした名探偵には、一切の怯えもない。

「むしろ、最後の戦いの場には相応しいね」

「そうでしょ？　キミの最期にはね」

そうしてシエスタの長銃とヘルの紅い軍刀が一直線上に対峙する。

「私は勝つよ。そして必ず、アリシアの願いを叶えてみせる」

「いや、キミは必ずここで死ぬ。キミにあの子は救えない」

一発の銃声と、剣が風を横に薙ぐ音。

それが再戦の合図だった。

◆愛されたかった、だけだった

シエスタとヘルによる激しい戦闘は、もう十分以上にも及んでいた。

地面から伸びるいばらの鞭が襲い掛かると、シエスタの長銃がそれらを的確に撃ち落とし——その隙を突いてヘルがサーベルを腰に構えて飛び掛かると、今度はシエスタも手にしたマスケット銃をまるで剣のように振るい激しく打ち合う。俺も後方から援護射撃を試みようとするも、

「助手、邪魔だよ」

「理不尽だ……」

シエスタは圧倒的な経験とセンスをもって、地形すらも味方につけた最強の敵と互角に……いやそれ以上に一人で渡り合っていた。

「——っ、あーあ。笑えるほど必死だね」

やがて後ろに一度大きく距離を取ったヘルが、台詞とは裏腹に不快げに唇を歪める。

「そんなにご主人様のことを取り返したいんだ」

嘲るような口調。俺たちを見下すようにヘルは鼻で嗤う。

だが、そんなことよりも。

「……ご主人様？」

その言い方に引っ掛かる。

以前アリシアの話を聞いていた限りでは、ヘルの凶悪な人格の中にアリシアが生まれたという構図のはずだった。あくまでヘルが表でアリシアが裏。だが今のヘルの発言によれば——

「――まさか、アリシアの身体（からだ）を、お前が乗っ取ったのか?」

本当はアリシアが表で、ヘルが裏だったんじゃないか。

その力関係を、ヘルが無理矢理逆転させたんじゃないのか。

「乗っ取ったんじゃない」

しかしヘルは紅い眼（あかめ）を細めながら、

「代わってあげたんだよ」

あくまでそれは優しさであったと、そう言い張った。

「この肉体は他の《SPES（スペース）》幹部たちとは少し作りが違っていてね――元はただの人間なんだよ」

「なに……?」

さっきのあの研究所で聞いた話によれば、《SPES》の構成員はみなシードの挿し木によって生まれた人工的な存在のはずで……いや、待て。違う、俺はそうではない《人造人間》のことを知っている。

「コウモリ……」

三年前、上空一万メートルで出会ったあの金髪の男は、無理やり《SPES》の能力を身体に定着させた、いわば半人造人間だった。ヘルも……あるいはアリシアもまた、コウモリと同じように元は普通の人間だったのか。

「だけど、この身体(からだ)はその特異性ゆえに、ずっと色んな実験が施されてきてね」

実験。その言葉に、ぞわりと鳥肌が立つ。

「痛い、熱い、痛い、熱い、痛い、熱い……苦しい。ご主人様は随分と辛(つら)い思いをしたみたいだった。そして、とうとうその苦痛に耐えられなくなったある日——ボクは生まれた。ご主人様によって、生み出された」

……そういう、ことか。

解離性同一性障害の代表的な症例だ。長きにわたる精神的、身体的な苦痛に耐えかねた時に別の人格を生み出し、心理的ダメージを軽減させる。ヘルは、そんなアリシア自身が作り出したもう一つの裏人格だ。

「それがボクとご主人様の関係だよ。苦しみも半分、悲しみも半分。ボクらはそうやって生きてきた」

「だったらその苦しみも悲しみも、今すぐに私が終わらせてあげる」

戦場を《白昼夢》が駆け巡る。まるでこれ以上の会話は無用と言わんばかりにシエスタは勢いよく地面を蹴り上げると、目にも留まらぬ速さで軍服の少女との間合いを詰めた。そして躊躇(ため)らうことなく銃口を向ける。

「ああ、一つ言い忘れてた」

しかしヘルは身じろぎ一つせず、ぽつりと呟(つぶや)く。

「苦しみも半分、悲しみも半分——だったら当然、痛みも半分だよね?」

次の瞬間、ヘルの首がガクッと前に倒れたかと思うと、

「……あれ? ここ、は?」

まるでさっきまでの鬼気迫る表情が幻だったかのように、きょとんと目を丸くした顔がきょろきょろと辺りを見渡す。そしてその視界が捉えたものは、

「へ? 君塚(きみづか)?」

真っ先に少し離れた俺を見つけ、しかし懐に潜り込んだもう一人の人物には気づかない。そうして向けられた銃口から、一発の銃弾が放たれる。

「キャアアアアア……ッ!」

少女は絶叫と共にその場に崩れ落ちる。銃弾が掠(かす)ったのか、右肩からは赤黒い血が流れていた。

「アリシア……ッ!」

無意識にその名を呼んでいた。

「君、塚……」

……っ! やはり間違いない、あれはアリシアだ。俺はそう確信し、その場に駆け寄ろ

うと――

「来ちゃダメだよ」

　だが、まさにアリシアを撃った張本人が背中越しに俺を戒める。

「……ッ！　シエスタ、そいつはアリシアだ！　だから攻撃は……」

「分かってる。だから急所は外した」

　そう言いつつもシエスタは、倒れ込んだアリシアに銃口を向け続ける。

「へえ、優しいんだね。心臓か頭でも撃ち抜いていれば、キミたちの勝ちだったのに」

　刹那、シエスタの足元からいばらが咲く。

「……っ」

　シエスタはそれを見て瞬時に身を引き、再び俺の横に並んだ。そしていばらが咲き誇る数メートル先、軍服の少女は右肩を押さえながらよろよろと立ち上がる。

「そんなにご主人様のことが大事なんだ」

　そう言って軍帽の下から覗（のぞ）いた紅い眼（あかめ）は、再びヘルの冷たい瞳に戻っていた。間違いない、今やヘルが主人格となって、自在にアリシアとの人格を入れ替えている……！

「だけどそんな甘い連中にはボクは負けない。今度こそ、《SPES（スペース）》としての使命を果たす」

ヘルが紅い眼を見開き、剣を携え大地を蹴る。そして大量のいばらが、同時に俺たちへと襲い掛かってくる。もしも反撃を試みようとすれば、恐らくヘルは再びその人格をアリシアと入れ替える。そうなれば俺たちはもう、手を出せない――

「ああ、やっぱり嘘だったんだ」


ぽつり、シエスタが漏らした。

それは三年前、あのハイジャックが起きた飛行機でも聞いたような台詞だった。シエスタがこれを言うということはすなわち、ここから物語は風雲急を告げる。

「なにを言ってるの？」

ヘルが虚を突かれたように首をかしげる。だが、いばらの方は動きを止めることもなく、俺とシエスタを取り囲み……やがて枯れ果てた。

「雨……？」

頬に水滴が垂れ、空を見上げる。

と、一台のヘリが上空を飛んでいた。あのヘリが何か液体を撒いている……？

「除草剤だよ」

シエスタが言った。

「超即効性の特注品。大丈夫、人体に影響はないから」

「準備の良さは相変わらずか……」

それはいつぞやの《生物兵器》に対するカウンターだった。植物を殺し人類のみを生かす術。あのヘリに乗ってるのは恐らく風靡さんだろう。

「……ッ！」

すると、軍刀を握ったヘルが単身斬り込んできた。シエスタは再びマスケット銃を剣のように振るいそれに応戦する。

「何が？　ボクの何が嘘だって？」

だがヘルのサーベルを握る手はわずかに震えていた。そんな敵に対してシエスタは、

「だから君に《SPES》としての意思なんて、ないんでしょ？」

慈悲もなく、そんな事実を告げた。

「……何度も言ったはずだ。ボクは運命に従って……《SPES》の意思のままに行動している……っ、だからボクは……！」

紅い瞳が揺れている。それはヘルが見せた初めての動揺で——そしてそんな隙を、シエスタが見逃すはずもなかった。

君が言ったことでしょ、とシエスタは表情を崩すことなく重ねて言う。

「君はアリシアの防衛本能によって生み出されたまったく新しい存在——であるならば、君自身に《SPES》としての本能が根付いているはずがない」

……！　そういう、ことか……さっきのヘルの話が本当であるとするならば、《SPES》の能力や意思を最初に受け継いだのはアリシアだ。ヘルは、アリシアの防衛反応によって後天的に作られた人格に過ぎない。だからヘルには本来、《SPES》としての本能は存在しないはずなのだ。

「だから君は、必死に《SPES》に近づこうとしていた——ただのまがい物だよ」

そしてシエスタは、俯くヘルをそう切り伏せた。

「……じゃあ」

ヘルが顔を地面に向けたまま呟く。そして次に顔を上げた時、彼女の顔は怒りに染まっていた。そんなヘルの姿を見るのはこれで二度目だった。

「何のためにボクがそんなことをする！　ボクがそこまで《SPES》に尽くす理由は

「……！」

そうだ、あの時もこいつはそんな顔をしていたんだ。

きっとシエスタは、あの瞬間にはもう気付いていたんだろう。

だから探偵は今改めて、優しく諭すように軍服の少女に言った。


「愛されたかったんでしょ、お父さんに」

◆怪物が、啼く

「――ッ！」

「君はただ、父親に愛されたかった。誰かに認めてほしかった。それだけだった」

「違う！」

瞳孔を開いたヘルが、強く握りなおした軍刀を振りかざす。間もなく刃がシエスタの喉元に迫る……が、シエスタは軽い身のこなしでそれを躱すと切っ先は虚しく空を切る。最初の頃よりもヘルは動きに精彩を欠いているように見えた。やはり、シエスタの仮説は当たっている。

「じゃあ、どうしてそんなにもムキになっている？」

俺は、ヘルの動きを制限するように足元に向けて発砲する。

「……ッ」

ヘルはわずかに顔を歪めると、一旦身を引いた。

「訊き方を変えようか。君はどうしてさっき、アリシアと人格を入れ替えたの？」

重ねてそう尋ねたのはシエスタ。銃口はヘルを捉えて離さない。

「実はそうすることで私が急所を外すことを期待していたから？　……違うね。君はただ、アリシアに痛みを与えたかっただけだよ」

「……まあ、それも否定しない。ボクは、主人格様の痛みを引き受けるだけの存在として生み出されたからね。復讐心も確かにあったかもしれない」

「そう、そうだよ。君には感情がある。植物でも……ましてや怪物でもない」

だけど、とシエスタは続ける。

「まだ嘘をついてる」

「……嘘なんて」

「アリシアに痛みを押しつけている本当の理由は復讐心なんかじゃない——嫉妬だよ」

「——ッ！　黙れ！」

ヘルが激昂する。気づいた時には、軍刀を構えシエスタと鍔迫り合いを繰り広げていた。

「君はアリシアに嫉妬した。自分を苦しめるだけ苦しめて、そのくせ私や助手という仲間を作ったアリシアが憎くて、憎くて……そして羨ましかった」

「違う……違う、違う！」

「違わない。君はただ愛されたかった、仲間が欲しかった」

「黙れ！」

ヘルの紅(あか)い眼(め)が光った。

「キミは今ここで自害する……！」

刹那、シエスタが腰のホルスターから拳銃を引き抜き自らのこめかみに突きつけた。

ヘルの《能力》が発動したのだ。それは人の意識に干渉し、行動を操る力。

だけど——


「シエスタ、お前は死なない」


俺の言葉で、シエスタはすぐに銃を手放した。

「な、んで……」

瞳を揺らすヘルに対して、シエスタはその理由を語る。

「簡単なことだよ。私は誰よりも——自分よりも、助手のことを信じてるから」

シエスタが俺に一瞥(いちべつ)をくれ、それから目の前に君臨する最強の敵に告げる。

「たとえこの意識が自らの死を自覚しようとも、彼がそれを確かな言葉で打ち消してくれるのなら、私は迷わずそれを信じる。ただ、それだけの話だよ」

「……っ、なら」

ヘルの視線が俺に向く。すると、

「助手、君も死なないよ」

シエスタがすぐに声を掛ける。

それは、俺たちのこの奇妙なパートナー関係を縛るまじないだった。

互いが自分よりも相手のことを信じる——ただ、それだけのこと。

たったこれだけ。

三年間無意識のうちに培ってきた、たったこれだけのことで俺たちは無敵になれる。

だが、それこそが《紅い眼》による洗脳を打ち破る唯一の方法だった。

たとえどんな言葉でこの意識を支配されようとも、それ以上に信頼し合える誰かが俺にたった一声掛けてくれるだけで、この身体は再び自由を取り戻す。

そしてその誰かというのが、俺にとってはシエスタで——シエスタにとっては俺だった。

それをご都合主義だと言うのなら、そうだな、せめて絆とでも呼んでもらおう。

この三年で培った——切っても切れない、あまりにしぶとい腐れ縁だ。

「っ！　絆？　そんなもの、そんなもの……っ！」

認めたくない。そう言いたくても言えない。

ヘルはその場に剣を落とし、頭を抱える。恐らくはこれがシエスタの用意していた策。アリシアを救うには当然、その肉体を殺すわけにはいかない。であれば、ヘルの人格のみを取り除かなければならない——そこでシエスタはヘルの心理的矛盾をつき、その精神性を揺るがせようとしていた。

「そうだ、ヘル。お前は《聖典》なんかに従わなくていい。人をこれ以上殺さなくてもいい。そんなことをしなくても仲間はできる。絆は、生まれる」

俺はシエスタの意図を汲み取り、ヘルに語りかける。

「だから、無理にあいつの……シードの言うことなんて聞く必要は……」

そう、俺が言葉を重ねようとした時だった。

「——だったら、負けられない」

ヘルが、落としていた紅い柄の軍刀を拾った。

そして次にヘルが顔を上げた時、その瞳は燃えるような赤色を灯していた。

「ヘル、君は……」

「認めるよ」

そして次にヘルがシエスタに向き直った時、彼女はもう少しも揺らいではいなかった。

「ボクは愛されたかった。必要とされたかった。生まれた意味を認めてほしかった。……

だけどそれは誰でもいいわけじゃない。誰でもいいから仲間が欲しかったわけじゃない。ボクはただ、お父様に愛されたかった。お父様に認めてもらいたかった」

だから、とヘルは軍刀の切っ先をシエスタに向ける。

「だからボクはそのためだけに生きて戦う、世界を壊す――それがボクの生存本能だ」

それは決して折れることのない、信念にも等しい巨悪と呼ぶべき何かだった。

「いいよ」

そして、そんな世界の敵に立ち向かえるのはこの名探偵をおいて他にはいない。

シエスタは長銃を構えてその宣戦布告を受け入れる。

「《植物》は枯らした。《紅い眼》も封じた。君に残ったのはその刀一本。そろそろ決着をつけようか」

「銃対刀だからって、勝てると油断してる？」

「いや。私対君だから勝てるって油断してる」

「本当にむかつくなあ、キミは」

「きっと私たち、どんな形で出会っても仲良くはなれなかっただろうね」

「違いないね。だからここで、終わりにしよう」

ヘルが体勢を低くし抜刀の構えを取る。そして、脱兎のごとくシエスタに斬りかかってきた――その時。

「……っ、地震か……？」

唐突に下から大きく突き上げられ、ついで轟音と共に地面が割れ始めた。まだ枯れていない《根》があったのか……そう思い、身構えていると――

「助手！　危ない！」

シエスタが俺の身体を強く突き飛ばす。

次の瞬間、地面が一度大きく隆起したかと思うと、ちょうど俺とシエスタの間を隔てるように大きな亀裂が入り――なにかが地層から現れた。

それは、どこかで見たグロテスクな色味をした巨大な爬虫類のような姿。だが今出現したこいつはあの時とサイズがあまりにも違う。全長十メートルを超えんとするその怪物は、地鳴りと共に大きく啼き、そして――標的を見つけた。

「シエスタ……ッ！」

復活した《生物兵器》――ベテルギウス。

その眼球のついていない頭部が、俺ではなくシエスタたちの方に向く。

「っ、こっちを向け、化物……！」

俺は弾切れになるまでマグナムのトリガーを引く……が、ベテルギウスは一切気にする素振りを見せず、対岸を向いたまま巨大な下顎からよだれを垂れ流す。

「腹が、減ってるのか……？」

そうだ、ベテルギウスは人の心臓を喰らう怪物。

対岸にはシエスタとヘル、二人の人間がいて――空腹の化物はきっと、あくまで数を優先する。

「シエスタ！」

巨躯の怪物の向こう側に、白銀色の髪の少女が垣間見えた。直後、クジラの咆哮のような唸り声が轟き――ついで、パッ、と大きな赤い花が咲いた。

最後に一瞬目が合った彼女は、笑っているように見えた。

◆世界で一番○○な君へ

「飼い犬に手を噛まれるとは、このことだね」

土煙が晴れた後、俺の視界に映ったのは――あれだけ威勢よく暴れていたにもかかわらず巨体を横たわらせているベテルギウスと、その怪物の頭に足をかけているヘル。

そして――

「シエスタ……」

左胸から赤い血を垂れ流している俺の相棒が、地面に仰向けで倒れていた。

「研究所に隔離されてたはずだけど、餌の匂いに釣られて来たのかな」

ヘルは言いながら、軍刀をベテルギウスの首筋に突き立てる。怪物は既に息絶えているように見えた。

「ああ、キミは少し動かないでいてほしい」

ヘルの《紅い眼》が光り……俺の足が止まる。自分でも気づかぬうちに、俺はシエスタの元に駆け寄ろうとしていたのか。

「少し、血を流しすぎたね……」

能力によって足止めされている俺の目の前で、ヘルはふらふらとシエスタの元に歩み寄る。よく見ればヘルもまた左胸を大きく抉られており、赤黒い血がとめどなく流れ出ていた。

「さて」

するとヘルが、横たわっているシエスタに手を伸ばす。

「……っ、シエスタに触るな！」

俺はヘルの元に駆けだそうとする……が、身体がまるで石になったように動かない。あの《紅い眼》による洗脳を解くためには、心から信頼し合える人間がもう一人隣にいなければならない。だが今の俺にはもう……その誰かが、いなかった。

「また心臓にダメージを受けてしまったからね、新しいものに取り換えないと」

ヘルがそう呟く。そうだ、ヘルは《ジャック・ザ・デビル》として、ロンドンで次々と心臓を奪ってきた。それは自分の身体に最も適合するものを探す試行実験。そして今ヘルは、ベテルギウスの攻撃を受けて負傷した心臓を再び新しいものに——シエスタの心臓に取り換えようとしているのだ。

「……っ、やめろ！　心臓が欲しいなら俺のをくれてやる！　だからそいつだけは……シエスタだけは……！」

「前に言ったはずだよ」

ヘルが一瞬動きを止め、俺に一瞥をくれる。

「キミはいずれボクのパートナーになる。だから、命は大切にしなくちゃ……ね？」

そう言ってヘルは紅い眼を細めると——自らの右腕を、シエスタの赤く染まった左胸に突き刺した。

「やめろ……っ！」

しかし身体は動かない。瞬き一つできず、俺はその惨状を目の当たりにする。

「メイタンテイの心臓はボクが貰う。これでボクは、唯一無二の存在になる」

そしてヘルが、シエスタの肉塊から右手を引き抜く。

その手には胎動する心臓が載っていた。

「シエ、スタ……」

呆然と見つめることしかできない俺の前で、まずヘルは自らの穴の開いた左胸に手を入れ、心臓を取り出した。そしてそれをあっさり握り潰すと、代わりにシエスタの心臓を自分の左胸に押し当てた。するとその心臓は最初からそこに収まるべきものだったかのように、すっと身体の中に飲み込まれていく。

これだけ。

たったこれだけの作業で、シエスタの心臓はヘルによって奪われた。

「やっとこの身体に相応しい格の心臓が手に入った。きっとこれでお父様に……」

ヘルは満足げに呟くと、シエスタの亡骸には目もくれず後ろの空を振り向く。そこには白い月が浮かんでいた。

「シエスタ……」

俺は虚脱感のなか、シエスタの元へ向かった。もう目的は果たしたからか、ヘルによるマインドコントロールも解けている。俺は何度も割れた地面に足を取られながら、やがて相棒の亡骸の前に辿り着いた。

「シエスタ」

膝を折り、血に染まった遺体を抱き上げる。小さく、細い身体だった。今度こそ、呼吸を確認するまでもなくシエスタは死んでいた。開いたままの瞳を手のひらで閉じ、白い顔に飛び散った血を指の腹で拭いた。

「シエスタ」

もう一度、呼びかける。

返事はない、当たり前だ。

探偵はもう、死んでいる。

「……っ、…………っ！」

泣かないと思っていた。だって、こいつは恋人でもなければ友だちでもない。ただ互いに利害関係が一致していたビジネスパートナーに過ぎない。シエスタは、俺にとって特別でもなんでもない。

でも、なぜだろう。

何度拭っても、シエスタの顔は水滴で濡れ続けていた。

「……すまない」

震える手で、腕の中のシエスタの頭を撫でた。

だけどやっぱりシエスタは、なにも答えてはくれなかった。

「返せよ」

だから代わりに俺はヘルに言った。

シエスタの遺体をそっと地面に寝かせ、残った力で立ち上がる。

「返す？　なにを？」

ヘルが振り返り、不思議そうに首をかしげる。

「その心臓は、シエスタのものだ。返してもらう」

「それは無理な相談だね。これはもう、ボクのものだ」

ヘルはそう言って左胸に手を当てる。

その瞬間、俺の中でなにかが弾けた。

「その汚い手でシエスタに触るな……っ！」

気づけば足が動いていた。この身体が、骨が、肉が、血が。アレを生かしておくことを許さなかった。ナイフを抜き、ヘルの懐へと飛び込む。

「解せないな」

ヘルが軍刀の鍔でナイフを打ち払いながら、眉を顰める。

「最初に会った時、キミは言っていたはずだよ。キミは自分しか信用していないんだって」

俺は何度も刃を振るい……だがそのうち、ヘルが呆れたように俺の右腕を斬り、ナイフは地に落ちた。であれば、と俺は左手の拳を握る。

「……仕方ないね。キミの拳はボクに届かない」

ヘルの《紅い眼》が光り、再び俺の身体は動かなくなる。

「でも今、キミはそんなに血だらけになりながらも、握った拳だけは決して解こうとしない。ボクを殴りつけようと、ボクのこの瞳よりも紅く、紅く血走った眼をしている」

なぜだ、とヘルが訊く。

「その怒りはどこから湧く？　さっきキミが……キミたちが言っていた、絆が理由？」

キミは、と。ヘルが重ねて俺に訊く。

「キミは彼女の、一体なんだったの？」

振りかざした拳は動かない。血を流しすぎたせいか足元もふらつく。そんな状況下で、働かない頭に鞭を打って俺は考える。

俺は一体、シエスタのなんだったのか。

ヘルに問われるまでもなく、これまでずっと考えていたことだ。

シエスタにとって俺がどういう存在だったのか。

だが、今となってはもう知る由もない。死者はなにも語ってくれない。シエスタが俺のことをどう思っていたか、それを知る術は永久に失われてしまったのだ。

——それでも。

と、俺はふらつく頭で思考する。

だったら、その逆ならどうだ？

俺はシエスタのことを、どう思っていた？

あの日。

あの地上一万メートルの空の上で俺たちは出会い、これまで三年間も旅を続けてきた。

……正直に言えば、うんざりだったさ。

この巻き込まれ体質ゆえに、俺は誰よりも日常を愛していたし、ずっとぬるま湯に浸っていたかった。だがそれをあいつが無理やり引っ張り出し——文化祭で窓から飛び降りたかと思えば、それは結果としてこの非日常への跳躍でもあった。

勘弁してくれと、何度神に……名探偵に祈ったか分からない。

なあ、俺がこの三年間で何回死にかけたと思う？

何度怪我して、銃撃戦に巻き込まれて、三日三晩飲まず食わずで、熊の出る山で野宿をして、殺人鬼を追って、誘拐されて、監禁されて、《人造人間》と戦って、《生物兵器》とも戦って、理不尽な目に遭って、相棒から「バカか、君は」と罵られて——

そして何回、笑ったと思う？

知ってるか？　実はシエスタは、ああやってクールぶってはいるが笑いのツボが浅かったりするんだ。でもそういう素の姿は見せたくないらしく、笑いそうになったらいつも俺から顔を背けて、しっかり数十秒かけて元の顔に戻してから言うんだ——「バカか、君は」ってな。そして、それを見て俺が笑って、シエスタが不機嫌になるまでがワンセット。

案外子供なんだよ、あいつは。

自分が人をからかう分にはいいが、その逆は許さない。嘘が下手。人付き合いも下手。朝は起きられない。昼も起きられない。よく寝て、よく食う。俺が買ってきた二つのケーキも、俺が先に選ぼうとすると怒る。というか二つとも食べる。幸せそうに、食べる。そして俺が呆れ笑いで見ていると、フォークでいちごのところをすくって俺の口に差し出してくるのだ。

シエスタは、そんなやつだった。

世界の敵と戦う名探偵？

そんなのはシエスタの本質ではない。

そうだ。

俺はただ、シエスタが面白いやつだったから、一緒にいたに過ぎない。

確かにこの三年間で、苦労も苦痛も苦渋も嫌というほど味わわされた。

だけど、その千回の理不尽の中で、俺は一万回笑った。

シエスタと共に、笑った。

「俺とシエスタが一体どういう関係だったかって？

俺がシエスタをどんな風に思っていたかだって？」


そんなの、最初から分かり切ってることだろ。

全身に力が戻る。あるいは火事場の馬鹿力というやつか。骨が軋み、肉が震え、血が沸いた。だが、別になんでも構わない。これで身体が壊れようがどうでもいい——ただ、今は、シエスタの仇が取れればそれでいい。

「洗脳を、破って……」

紅い眼を見開いたヘルの姿が映る。

そして俺は血で濡れた左腕を振りかぶり、もう二度と届かない、相棒への想いを叫んだ。

「世界で一番大切に思ってるに決まってるだろ！」

俺の握った拳がヘルに迫り、顔面を目前に捉える。

その寸前のことだった——

「愛の告白は非常にありがたいけど、その愛する人間の顔に傷をつけるつもり？」

そんな、どこか懐かしい皮肉が聞こえてきたのは。

◆もう一度、君に会いに行く

一瞬それは、どこから聞こえてきた声か分からなかった。

「……は？」

それはヘルも同じだったようで、ただただ無表情で首をかしげる。

だが、それはどうにも奇妙な出来事だった。

さっきの謎の声と、今目の前に立っている人物が発した声が、まったく一致するのだ。

これは一体どういうことだ？

そうやって頭が疑問符で埋め尽くされていると、ふと目の前に立つ軍服の少女が、手にしていたサーベルを地面に落とした。そして、そんな自分で行っているはずの動作を、彼女は驚きの表情で見つめている。それはまるでさっきから、自分の意思とは関係なく口や身体(からだ)が動いているようだった。

「なに……ん……これ、は」

ヘルの顔面が痙攣（けいれん）する。

そして次の瞬間、右の瞳の色が赤から青に変わった。

「シエスタ、お前なのか？」

驚愕（きょうがく）するヘルの左半分の顔面。そしてそのもう半分が、じっと俺を見据えている。

これで確信に変わった——シエスタは、ヘルの中で生きている！

「そん、な。バカな、こと……」

ヘルの紅（あか）い左眼（ひだりめ）が、すぐ隣の青い瞳を睨（にら）みつける。

「許、さない……勝手に、ボクの身体を……乗っ取るなんて、真似（まね）は……」

「黙りなさい。今は、私が彼と喋（しゃべ）っている」

言うと、目の前の彼女は一度きゅっと目を瞑（つぶ）る。そして再び開いた時には、両眼が青色に変わっていた。

「シエスタ、お前……」

「泣かせて、しまったね」

間違いない、シエスタだ。

ヘルという仇敵（きゅうてき）の身体を借りながらではあるが、シエスタが喋っている。

俺はその事実に足が震え、またしても目頭が熱くなる。

シエスタはまだ、生きていた。

「シエスタ、俺は……」

「助手、時間がないからよく聞いて」

しかしシエスタは、再会の喜びに浸るわけでもなく、俺に話を続ける。

「実は、私の心臓はちょっと特別製でね？　たとえば私は、自分の意識をこの心臓に宿すことで、こうして他人の身体の中で自我を保ち続けることができる」

「それは……」

それは、記憶転移という現象に近いのだろうか。臓器移植の際、ドナーの記憶や趣味嗜好がレシピエントに受け継がれるという症例が、世界各国で報告されているという。ヘルがシエスタの心臓を奪ったことで、シエスタの記憶や意識もまたヘルの中に半ば移植された形になった。そうして今は、シエスタがヘルの身体を借りて喋っていると——

「色々策を練ってはみたけど、ヘルを本当の意味で倒すことはやっぱり難しかったんだ」

「……！　シエスタ、じゃあお前は！」

「うん、こうするしかなかった。私がヘルの中に侵入して彼女の意識を押さえ込む。それがたったひとつ、ヘルに対抗できる手段だった」

……っ！　それじゃあ、シエスタはあの時わざと……自分が死ぬことは分かって！

そんな、そんなバカな話が！

「言ったでしょう？　本物の名探偵は事件が起こる前に事件を解決しておく——こうなることは、ずっと前から分かってた」

「そんな。そんなの、アリかよ。お前は最初から……」

最初から、終着点が見えていたのか。

だったらなぜ……なぜ……。

「言ったら、君は止めてくれるから」

シエスタが、ヘルの姿で淋しげに笑う。

「君に、お願いがある」

「……嫌だ」

「聞いて」

「断る」

「バカか、君は」

意地を張ってる場合じゃないでしょ、と言って、シエスタは手を伸ばして俺の頭を撫でる。

「私はこの身体に潜り込んで、ヘルの凶悪な意識を押さえてみせる。そうしたらきっと、この身体にはもう一度、アリシアの人格が目覚めるはずなんだ」

「……！　アリシアが!?」

「うん。だってこの身体はあのケルベロスの能力を継承している……分かるでしょ？」

……そういう、ことか。地獄の番犬は三つ首。三人までの人物をその身に宿すことができる、と。アリシアとヘルに加えて、シエスタもまたその一人となったのだ。

「もしかすると彼女はまた記憶を失っているかもしれない。それでも彼女に協力を仰いで——そしていつか《SPES》を倒してほしい」

それが、シエスタの用意していた本当の秘策。

ヘルを倒しアリシアだけを生かす、たったひとつの冴えたやり方。

「っ！　だけど、そんなことをしたらお前はどうなる？　アリシアの人格が目覚めるということは、お前の意識はヘルと共に消えるってことだろ！　許さねえ……許さねえからな、そんなことは！」

アリシアを救うためにシエスタが犠牲になるなんて、そんな解決は望んでいない！

どんな形でもいい。敵としてでもいい。

お前が、お前の意識がどこかで生き続けてくれればそれでいい。

だから、そんな勝手は許さない！

「君は、そう言うと思った」

シエスタがまた、儚げに笑う。

「でも、大丈夫だよ。アリシアは私が持っていないものを持っている。きっと彼女となら、君はうまくやっていける」

あの二週間を思い出して、とシエスタは優しく告げる。

「っ、だから勝手に話を進めるなよ！　俺はまだ何も……」

と、その時、足元が大きくふらついた。

血を流しすぎたから？　いや、違う……何か甘い香りがする？

ふわっと一瞬気持ち良くなった感覚があり、頭がぼーっとする。そして霞む視界の先、《生物兵器》ベテルギウスの亡骸から、大きな、大きな花が咲いていた。

花粉だ。

甘い匂いの花粉が、風に乗って流れてくる。

「……これも、そういう因縁なのかな」

三年ぶりだね、とシエスタが困ったように笑う。

三年ぶり……そうか。三年前のあの文化祭、《花子さん》の事件。俺の中学で猛威を振るっていたとあるクスリの正体こそ——この花粉だ。

「あれはこいつの身体に咲く花から生まれるものだったのか……」

であれば、今のこの状況がなにを意味するのか嫌でも自覚させられる。

「嫌だ……忘れたく、ない……」

この花粉を摂取した時に真っ先に訪れる副作用――それは、記憶障害。これだけ大量の花粉を吸ってしまったからには、相当のリスクが見込まれる。もしかしたら、この三年間の記憶も、シエスタのことも、全部――

「大丈夫だよ」

ヘルの肉体を借りたシエスタは花粉への耐性があるのか、自分の足でしっかり立ち、ふらつく俺に肩を貸す。

「まあ、もしかしたら少しぐらいは忘れちゃうかもしれないけどね……たとえば、今ここで起きた出来事とか、私が話した内容とか」

それでも、と彼女は微笑を湛えて言う。

「君は私を忘れない。決して使命を投げ出さない。『理不尽だ』ってため息をつきながら、アリシアと一緒に仕事を続けてくれる」

「そんなの、ダメだ……断る……」

最早立ってもいられず、俺はその場にしゃがみ込む。段々と視界が狭まり、耳も遠くなっていく。

「俺は、お前の助手なんだ……他の……やつの、相棒になんて、ならない……」

「……はは。最後に嬉しいことを言ってくれるね」

座り込んだ俺の肩に手を置きながら、彼女はやはり柔らかく微笑みかける。

これも花粉の副作用で幻覚でも見ているのだろうか。仇敵のはずのヘルの顔が、俺の目には今確かに、三年間ずっと連れ添った相棒の姿に映っていた。

「忘れ、たくない……お前のことを、俺は……ずっと………」

「大丈夫だってば。言ったでしょ？　私たちは、自分よりも相手のことを信じてやってきた」

「……だから、お前の、言葉を……信じろって？」

「そういうこと。私が間違ってたこと、今まであった？」

……ああ、ないな。一度もない。

お前はいつだって正しかった。正しすぎるやつだった。

だからたまには——間違えてほしかった。

だけどもう俺の喉は、その言葉を発してはくれなかった。

「次に君が目覚めた時、きっともう私はいないけど」

強く、生きて。

気のせいだろうか。シエスタが泣いているように見えた。

あいつは、泣かないはずだ。

違う肉体だからだろうか。

ぽろぽろと大粒の涙を零しながら、シエスタは俺の両肩を掴んで叫ぶ。

「――いい？
――私は君を忘れない！
――たとえ意識を凶悪な敵に奪われても、君のことだけは忘れない！
――もしかすると、時間はかかるかもしれない！
――一週間か！
――一か月か！
――一年か！
――長い時間はかかるかもしれない！
――それでも必ず！
――もう一度この身体は君に会いに行く！
――絶対に、絶対に！」

そこまで聞き遂げて、俺の身体は完全に地面に倒れた。
最後に見たシエスタの顔は、涙で濡れた笑顔だった。

【Side Siesta】

私の意識が完全に消えるまで、わずかに残された時間。

私は、膝の上で眠る助手の頭を撫でながら最期を過ごすことにした。

涙の跡をくっきり頬に残したまま、まるで子供のように助手は眠っている。

「バカか、君は」

頬っぺたを人差し指でつつくと、もちっとした弾力で押し返される。まったく、これじゃ子供どころか赤ちゃんだ。

「……だから、あの船でお別れしたつもりだったのに」

きっと助手は泣くから。私のために泣いてくれるから。

だから本当は、最期の姿を彼に見せるつもりはなくて……この島に向かうあの小型船で、お別れをしたつもりだった。なのに、こんなところまで追いかけてくるんだもん。シャルに怒られなかったの？

まったく――

「君、私のこと好きすぎじゃない？」

いつかも言ったジョークを口にしながら、私は親指の腹で助手の前髪をかき分ける。なんでそんな可愛い寝顔をしてるんだとよく分からない怒りが湧いてきて、自分で少し笑ってしまった。

「ごめん」

聞こえていないことは分かっている。

「先に死ぬことになって、ごめん」

それでも、言わないわけにはいかなかった。

「私がこんな無謀な策に打って出たのには、実はもう一つ理由があったんだ」

それはあのロンドンでの、君が開いてくれた私の快気祝いの時のこと。

君も覚えてるかな?

そこでアリシアは言ったんだよ——いつか学校に通ってみたい、って。

だから私は、その願いを叶えることにした。

「倒すだけならできた。殺すだけなら簡単だった。でも彼女は——アリシアは言った」

生きたいと。学校に通いたいと。

だから私はこの命を賭して……敗北を喫することで、勝利を収めた。

この身体で目覚めたアリシアに、学校に通ってもらうためにね。

え、なんでそこまでするのかって? だって——

「依頼人の利益を守ることが、探偵の仕事だから」

私は、助手が起きていたらきっと訊かれていたであろう質問に、そう答えた。

「でも、それには少し時間がかかりそうでね」

アリシアを学校に通わせる、あるいは普通の日常生活を送らせるようにするためには、まず彼女の精神を安定させることが必要になってくる。違う人格が引き起こした事件とはいえ、自分の手によって人が死んだという事実を知ってしまえば、彼女はそれに耐えられないかもしれない。

だからまずはそのあたりのメンタルケアや記憶の修正、さらには新しい身分を作る必要がある。そしてその件については、既にあの赤髪の女刑事に任せてあった。今はシャルの増援に向かっているはずだけど、もうすぐ私や助手を回収しに戻ってきてくれるはずだ。

「君に対しても嘘をつくようにお願いしてあるけど、怒らないであげてね」、

　具体的には、私がヘルを倒して一旦《SPES》の脅威は去ったということ。そしてアリシアは無事に、遠くの国で暮らすことになったということ。そう君に伝えるようにお願いしてある……でないと、ほら、君は無謀にも一人で《SPES》に挑もうとするはずだから。

だからすべての準備が整うまで……少しの間だけでも、君には日常を取り戻してほしい。

君の憧れていた、平凡で、平坦で、それでいて平和な毎日を過ごしてほしい。

「三年間、いっぱい振り回してごめん」

　私はまた、助手の頭を撫でる。

きっとこれももう最後だからと思って、何度も撫でる。

「君とは喧嘩ばかりだったね」

思い出せば浮かぶのは、君が「理不尽だ」と呟いて、ため息をつくその横顔。

そんなに私は理不尽だったかな？　そんなに困らせてばかりいたかな？　さっきは調子に乗って「私のこと好きすぎじゃない？」とか言ってしまったけど、本当は全然そんなことなかったりする？　……ちょっと不安になってきたな。

「でも、少なくとも私は楽しかったよ」

なんてことを言ったら君は笑うかな。それともキャラを守れって怒られるかな。……でも、最後ぐらい許してね。

君と食べたアップルパイは、一人の時よりも甘い味がした。

安アパートで一緒に暮らしてた時は、なんだか同棲してるカップルみたいだったね。

カジノも楽しかったなあ……あ、でも確か君は大負けしてたんだっけ。

そういえば、いつか私がウェディングドレスを着た写真、今でもたまに眺めてるでしょ？

お酒を飲むのは、この前のが最初で最後になるのかな。あれは失敗だったね……。

明日は何時に起きようか。何を食べて、どこへ行こう。新しい仕事の依頼は来るかな。

できれば迷い猫探しぐらいが楽でいいね。そうだ、この前通りかかったお店で、いいティーカップを見つけたんだ。今度買ってきて、美味しい紅茶を淹れて二人で飲もう。大丈夫、お茶を一杯飲むぐらいの時間はあるよ。そうして次に明後日は、一週間後は、一か月後は——

「一か月後も、君と一緒に紅茶を飲みたかったな」

君が「理不尽だ」って言って、ため息をつく横顔が見たかったな。
君の……君の笑った顔を、何度でも見たかったな。

「死にたく、なかったな」

でも、私が守る。君を守る。
それが私の使命——だって、名探偵は依頼人の利益を守る存在だから。
あの時、約束したでしょ——私が君を守るって。君がその体質のせいでどんな事件やトラブルに巻き込まれようと、私がこの身を挺して君を守ってあげるって。
だから、君は今みたいに安心して眠ってて。うっかり少し可愛いと思ってしまう寝顔のまま、夢の中にいて。大丈夫。きっといつか、誰かが君の眠りを覚ますから。

そして私の代わりに、君を抱き締めてくれるはずだから。

「結局、渡しそびれたままだったね。ごめん」

最後に私は、さっきの戦いの最中、こっそりとヘルの軍服に忍ばせておいた赤いリボンを取り出し、自分の頭に巻いた。彼女は一年後も、これをつけてくれているだろうか。

「……そうだ、名前も考えないとね」

それはヘルの意識を封印するための最後の呪い。

新しい名を繋ぎ、この肉体はまた生まれ変わる。

「ヘル――氷の国を司ったと言われる、冷たき女王の名前」

だったらせめて、新しい名はもっと暖かで人の心を溶かすような――

アリシアのあの、夏の太陽のように眩しい笑顔にも相応しい名を――

「ねえ、助手」

私は最後に彼の名を呼ぶ。

「覚えておいて、いつか君の眠りを覚ます者の名前は――渚。夏凪渚」

MF文庫J

探偵はもう、死んでいる。2

2020年 1月25日 初版発行
2024年 8月30日 28版発行

著者 二語十

発行者 山下直久

発行 株式会社 KADOKAWA
〒102-8177 東京都千代田区富士見2-13-3
0570-002-301（ナビダイヤル）

印刷 株式会社 広済堂ネクスト

製本 株式会社 広済堂ネクスト

Printed in Japan ISBN 978-4-04-064328-1 C0193

【 ファンレター、作品のご感想をお待ちしています 】
〒102-0071 東京都千代田区富士見2-13-12
株式会社KADOKAWA　MF文庫J編集部気付「二語十先生」係「うみぼうず先生」係